Stéphanie Hochet

WILLIAM

Rivages

Retrouvez l'ensemble des parutions
des Éditions Payot & Rivages sur

payot-rivages.fr

Collection dirigée par Émilie Colombani

L'autrice a bénéficié pour ce livre de la bourse du CNL.

"We are such stuff as dreams are made on, and our little life is rounded with a sleep."

William SHAKESPEARE, *The Tempest*

"Thy life's a miracle."

William SHAKESPEARE, *King Lear*

« On ignore quand Shakespeare est arrivé à Londres. Telle une ombre dans sa propre biographie, il disparaît presque complètement de 1585 à 1592. Or c'est précisément la période durant laquelle nous aimerions le plus savoir où il était et ce qu'il devenait, car c'est à ce moment-là qu'il a quitté Stratford (et vraisemblablement femme et enfants) puis s'est imposé comme comédien et dramaturge. Dans toute l'histoire de la littérature, il n'est pas de vide plus attirant – ni d'ailleurs de plus grand empressement à le combler. »

Bill BRYSON, *Shakespeare Antibiographie*

Dans la biographie de William Shakespeare, une énigme demeure. Personne ne sait ce qu'il fit entre 1585 et 1592, de ses vingt et un à ses vingt-huit ans. Les traces de son existence disparues durant sept années furent appelées les « Années perdues ». Devant cette absence de sources, les historiens n'ont que des théories contradictoires. Tout ce que l'on peut dire de cette période, c'est que personne ne sait rien avec certitude. Pour un écrivain, rien ne peut être plus fécond qu'un mystère de cette envergure.

Dramatis personae

John Towne*, comédien,
meurtrier de William Knell*, comédien
Henry, vieux comédien, duelliste, noble d'origine
Ernest, comédien
Thomas, comédien plus âgé que Ben, comédien
avec qui il est en couple
Barnabe, comédien, ami proche de William
James Burbage*, père de Cuthbert et Richard B., acteur,
imprésario, constructeur et directeur du *Theatre*
Richard B.*, comédien
Christopher Marlowe*, dramaturge
Philip Henslowe*, directeur de théâtre, imprésario

Anne Hathaway*, épouse de W. Shakespeare*
Mary et John Shakespeare*, parents de W. S.
Gilbert Shakespeare*, frère cadet de W. S.
Susanna, Judith et Hamnet*, enfants de W. S.
Je, W. S. ou S. H.*

* Personnages ayant existé.

Premier acte

1

Personne chez les Shakespeare ne s'attendait à ce que l'aîné de la fratrie se marie à un âge aussi tendre que celui de dix-huit ans. Ce long garçon maigre de William qui ne semblait pas vouloir reprendre le commerce de gants de son père avait un air, une gaucherie d'écolier grandi trop vite. Le père et la mère du garçon avaient ouvert de grands yeux quand il avait annoncé son mariage avec une Anne Hathaway de vingt-six ans. Même si les Shakespeare appréciaient le père de la future épouse, cette nouvelle sonna comme un cataclysme. William agissait à l'inverse des mœurs de Stratford. Que comptait-il faire maintenant ? Travailler d'arrache-pied pour faire vivre cette femme et la petite âme qui attendait de naître dans les entrailles de sa promise ? Mais là résidait le problème : William ne savait ni ne voulait travailler.

Pour le jeune homme, le mariage était une source de joie et d'angoisse mêlées. Vivre avec celle qu'il aimait le remplissait d'allégresse, cependant il ne pouvait s'empêcher de penser au même moment que sa vie serait scellée avec cette union et que les fantasmes qui jusque-là l'avaient nourri d'un espoir fou en l'avenir seraient enterrés à l'image de ses sœurs nées avant lui qui reposaient sous terre, dans le silence de ses parents.

Il avait fait l'amour avec cette jolie blonde qu'il connaissait de vue depuis longtemps – tout le monde connaît tout le monde à Stratford-upon-Avon. Elle habitait un cottage de la région et se rendait souvent à la ville pour des courses. Will, qui sortait de la *King's new school,* était délicat et vierge, mais incroyablement éloquent. Il lui avait fait une cour d'abord timide, puis plus insistante.

L'amour fut consommé en pleine nature, aux premiers rayons du printemps, entre un pommier et un ballot de paille, à l'heure où les paysans déjeunent d'un morceau de fromage, sans un mot. Il avait récité des poèmes en embrassant son front, puis sa bouche. Anne était plus que conquise. Tel fut l'acte, d'une insouciance parfaite et poétique, dont les conséquences furent considérables.

Quelques mois plus tard, Anne apprit la nouvelle à son amant. Elle était enceinte. Précipitation.

Aussi étrange que cela puisse paraître, il ne s'attendait pas à ça. La vie semblait si légère et ils se connaissaient à peine. Pourtant William ne se défila pas. Sa vie d'adulte débuta comme se termine une comédie, par un mariage.

L'enfant qui naîtra dans six mois aura un père.

Anne, en tant que fille de *yeoman*, va apporter des biens matériels au foyer, une belle dot. Nul doute qu'elle sera une épouse aimante.

William n'a pas encore de métier et il sait qu'il ne veut pas suivre les traces de son père, ce négociant en peau devenu gantier, dont l'ambition politique incessante l'a hissé à des postes importants dans la ville. Le fils a l'intuition que son avenir se déroulera loin d'ici, sur les planches, où il a vu les acteurs jouer dès son enfance. Son existence est ailleurs.

Le couple s'installe dans une partie de la grande maison des Shakespeare à Stratford-upon-Avon et c'est sur un lit de plume, au milieu de la nuit, qu'Anne accouche de la petite Susanna. Le père du nourrisson s'est précipité quand les femmes lui ont rapporté que tout s'était bien passé pour la mère et l'enfant. Courant jusqu'au chevet d'Anne, il l'a embrassée, tremblant d'émotion, et a saisi la petite vie glapissante qui ouvrait les yeux sans voir – comme nous le faisons face aux apparitions miraculeuses. Que Dieu te bénisse, ma Susanna.

On ne vit jamais d'homme aussi ému d'avoir un enfant en cette époque où la plupart disparaissent avant l'âge de trois ans, s'évaporant comme des flocons de neige au printemps.

Quelques semaines plus tard, sa fille baptisée, William quitte Stratford pour gagner de quoi vivre comme professeur dans un établissement de campagne. Il connaît parfaitement le grec et le latin, et l'enseignement ne lui est pas un mystère. Il emporte un sac de livres, quelques effets, étreint les siens, salue son père au regard courroucé et monte sur un cheval. Revenant toutes les trois semaines auprès de son épouse, il ne confie pas le malaise qui le saisit peu à peu. Il ne se voit pas continuer ainsi, il ne le pourra pas.

Pourtant, le couple s'habitue à cette vie assez insatisfaisante et Mme Shakespeare donne naissance à des jumeaux : Judith et Hamnet. Anne choisit le prénom de la fille et Will celui du garçon. Il ne peut expliquer pourquoi il aime ce prénom. À nouveau, les naissances le bouleversent et l'exaltent puis, quand l'excitation se calme en lui, le désespoir pointe et cet homme de maintenant vingt et un ans se sent un être fini.

Couché près de sa femme, une nuit, une idée simple et tranchante lui vient. Il doit s'enfuir. Il respire enfin, détendu soudain par cette pensée. La honte d'abandonner femme et enfants le saisit ensuite, puis, à nouveau, la griserie liée à ce fantasme.

Un rêve l'habite depuis l'enfance, celui de devenir comédien. Il aimerait devenir quelqu'un d'autre grâce au jeu, incarner des rôles pour faire frémir le public. Il idéalise la grande camaraderie des compagnies de théâtre, le travail acharné du corps et de l'esprit pour qu'un personnage existe comme si rien de plus fort ne pouvait exister.

Quand il était encore enfant, son père l'emmenait au théâtre. À l'époque, ce dernier prélevait les paiements des troupes itinérantes se produisant à Stratford. John Shakespeare n'aurait jamais imaginé l'impact que ces amusements bruyants, ces acteurs grandiloquents, ces *Mystères* et ces *Moralités* auraient sur son fils. Ses frères et sœurs étaient moins enthousiastes. John avait constaté que la musique exaltait particulièrement William. Le garçon voulait même s'initier à un instrument. Il aimait également les danses, les gigues l'amusaient beaucoup. Il dansait avec une grande agilité. Il inventait des pas. On aurait dit qu'il s'enivrait de sons. Mais ce qui avait eu le plus grand effet sur la personnalité de Will, c'était les comédiens. Il les admirait au-delà de tout. Il se promettait d'imiter un jour leurs prouesses. Les comédiens sont des artistes complets. Ils deviennent leurs personnages avec une telle vitalité qu'on oublie qu'ils sont des professionnels. Des garçons se métamorphosent en femmes de n'importe quel âge et vous ne doutez pas une seconde que l'être qui habite ce costume est une descendante d'Ève. Des hommes solides jouent les vieillards et vous avez pitié de leur âge. Les plus grands d'entre eux vous magnétisent par leur simple présence. Leurs voix ont des variations d'instrument de musique et font trembler les murs quand ils sont en pleine fureur. Le petit William s'approchait au plus près de la scène et son cœur battait la chamade. Soudain, devant lui, ça chante, ça danse, ça complote, ça menace, ça trahit, ça courtise. Le Verbe se veut grandiose, le texte cherche des effets faciles et devient déclamatoire. Applaudissements. Ébahissement.

Le garçon a étudié assidûment à la *King's new school*. Il a gardé le souvenir de la souffrance physique liée à l'immobilité dans le froid, l'humidité de l'école, les récitations, les mille et une figures de style inspirées de la langue de Cicéron et l'illumination devant la beauté des vers de Virgile, d'Ovide… La poésie latine a été une révélation. Il a rêvé d'Italie, le regard aimanté par une carte de géographie, a désiré rencontrer Jules César. Découvrant les agissements de Néron, Will tremble et jubile. Toute cette cruauté, tout ce sang versé.

Il a tellement étudié qu'à quinze ans il connaît ses classiques par cœur. Il n'a jamais quitté le comté de Warwickshire et n'a fréquenté que des garçons de son âge qu'il observait avidement durant les longues heures d'étude, scrutant avec obsession les traits de leurs visages.

Il ne fut jamais question d'entrer à l'université. Ce n'était pas la décision de son père, qu'il assiste pour un temps dans son travail d'élu de Stratford. Il s'ennuie. Rêve d'art. D'un art réunissant la poésie, le suspens, l'effroi et la grandeur. Il ne sait pas encore la forme qu'il prendra, il rêvasse. Il sait que les comédiens sont de fabuleux messagers de l'imaginaire. Il noue des liens avec certains d'entre eux qui donnent des représentations à Stratford. Un soir, il passe la nuit avec une troupe qui doit repartir le lendemain en tournée. Ils discutent et boivent des bières jusqu'à l'aube. Il leur dit son émerveillement pour leur jeu, son envie de monter sur scène avec eux. Les comédiens sourient. Ils sentent chez lui une fièvre et une connaissance du théâtre très rare pour un garçon de cet âge qui n'est pas du métier. Au matin, la compagnie quitte la ville et Will rentre au domicile paternel dans un état d'excitation et de nostalgie.

Il doute qu'une telle opportunité se représente un jour. Comment jouer la comédie quand on vit loin de Londres et que personne dans son entourage ne peut ni ne voudrait vous faire entrer dans une troupe ? Ces années de prime jeunesse ont suscité en lui la peur et la détermination. Peur de ne jamais devenir comédien, détermination de ne laisser passer aucune chance.

On fête Pâques à Stratford. Will, dix-sept ans, assiste aux festivités avec son jeune frère Gilbert. Ils retrouvent des jeunes gens de la ville et s'amusent à faire des blagues sur les femmes qu'ils croisent. Quand Anne passe devant eux, un gaillard pousse William par l'épaule. Va lui conter fleurette ! On parie qu'elle ne t'écoute pas plus de trois minutes ? William a bu plusieurs pintes de bière et ne résiste pas au défi. Les garçons observent de loin. Le fils de John est timide et peu entreprenant avec les demoiselles. Il n'est pas particulièrement beau non plus. Il a déjà croisé Anne mais ne lui a jamais parlé. Pour la première fois, il tente de séduire une femme. Étonnamment, celle-ci lui plaît. Il n'a pas à se forcer pour lui dire de belles choses. Il lui parle de soleil, de lune, promet sur la Bible n'avoir jamais rencontré une beauté comme elle. Les trois minutes sont largement passées. Anne vient de sourire. De l'autre côté de la place, le groupe a fini de ricaner. On l'admire à l'œuvre. William cachait bien son jeu. Anne vient de rougir et le jeune homme continue de parler. Mais que peut-il bien lui dire ? Apparemment sa verve fait de l'effet à la fille Hathaway. Elle n'est pas laide, d'ailleurs. Un visage ovale au profil distingué, des yeux couleur d'opale. Cela fait dix minutes que le jeune Shakespeare parle et Anne lui répond ! Gilbert observe son frère avec vénération, il a toujours été son modèle. Soudain, on voit William prendre la main de la demoiselle et la porter à ses lèvres. Les compères sont maintenant bouche bée. De William, ils n'avaient que l'image d'un brillant élève en latin. Ils découvrent un garçon bien plus dégourdi que son sérieux de collégien ne le laissait paraître.

C'est ainsi que l'histoire de William et Anne commence.

Cette nuit même, il se rendra au cottage d'Anne et continuera à lui parler longuement, mais à voix basse pour ne pas alerter son père. Elle aura ouvert la fenêtre de sa chambre et penchera sa tête gracieuse vers lui (si jeune ! bien plus qu'elle !) resté en bas. À plusieurs reprises, elle craindra l'intrusion soudaine de son géniteur. Sa silhouette aimée sursautera. Will verra son corps se redresser soudain, sa tête se tourner vers l'entrée de la chambre, les boucles de ses cheveux danser sur son front inquiet. Ces menus détails seront imprimés pour toujours dans son esprit, immortalisant son ravissement. Elle sera sur le point de fermer précipitamment la croisée. Fausse alerte. Will lui demandera l'autorisation de la rejoindre en s'accrochant au lierre qui court le long du mur.

Le mariage avec Anne a brouillé ses espérances de vie aventureuse. Inévitablement, il est considéré comme un homme par les habitants de Stratford. Il ne sait pas encore si le statut d'époux lui plaît. Il sourit à tout le monde mais il a reçu un coup sur la tête. Tout va trop vite. Le temps est hors de contrôle.

Pour ses parents qui ont déjà perdu deux enfants en bas âge, l'effet de surprise passé, ces noces sont plutôt rassurantes. William va prolonger la descendance paternelle et enfin travailler. Son père espère qu'il suivra son exemple. On n'en attend pas moins de lui.

Pour Will, cette union est aussi une source d'angoisse dont les questionnements l'éperonnent sans crier gare, de jour comme de nuit. La vie lui aurait-elle joué un tour qu'il doive mettre fin à ses ambitions, alors même qu'il n'a jamais joué la comédie ? Deviendra-t-il un jour comédien ? Si les familles Shakespeare et Hathaway n'avaient pas tant d'influence, peut-être aurait-il trouvé l'occasion de partir à Londres pour vivre son rêve. Fuir. Happé par la ville monstrueuse, ce lieu de perdition aux émanations nauséabondes, ravagé par les pandémies – cette cité décriée par sa famille. La Londres des possibles, des théâtres de *Bankside*, des grandes compagnies, ce repaire d'artistes brillants, selon Will.

Pour l'heure, il s'abandonne à la douceur du foyer. Il aime, gagne de l'argent avec facilité comme professeur et prend soin d'Anne et de sa progéniture qu'il observe avec ravissement.

La petite Susanna éveille immédiatement une véritable fascination chez lui. Comment un être si frêle peut-il survivre ? Il se penche sur le berceau et se demande si le nourrisson n'appartient pas plutôt au monde surnaturel, s'il n'est pas une créature féerique possédant un langage inné, issue d'une existence plus ancienne, d'une vie prénatale dans des limbes ensorcelés. Il tend sa main vers le bébé qui sourit. Il se promet de lui raconter des histoires d'elfes et de fées. Il retrouvera peut-être avec elle la langue originelle, avant la faute. Il pressent que le monde est constitué de strates de connaissance et que celle où le nouveau-né est immergé nous est inaccessible.

Les semaines, les mois passant, Anne perçoit que quelque chose hante son mari. Elle songe qu'elle sera probablement seule un jour pour élever Susanna et l'autre enfant qu'elle porte en son sein. Elle a découvert combien Will ne supporte pas la présence de son père autoritaire, combien il a besoin de fréquenter des acteurs et de parler théâtre. Sitôt qu'une compagnie arrive dans la région, le voilà qui ne tient pas en place. Il assiste à toutes les représentations avec une excitation que chacun a remarquée. Partout à Stratford, on le trouve fantasque, passionné, un brin étrange et raffiné. Et il voudrait en plus ressembler à ces saltimbanques de mauvaise vie ? maugrée John.

Il n'y a que son épouse, tombée sous le charme de ses mots, qui le comprend et adore son éloquence imagée. Anne a très vite repéré chez lui ce talent.

Elle y a été sensible, elle qui est quasi analphabète. Elle a découvert sa poésie quand elle sortait de sa bouche, à la source du poète. S'il n'avait pas possédé un don hors du commun, pourquoi aurait-elle cédé à un si jeune homme, moins fortuné qu'elle ? Personne chez les Hathaway n'avait prévu ce scénario. À l'âge de vingt-six ans, elle aurait dû épouser un homme mûr avec une belle situation. Un bourgeois solide qui lui aurait assuré une vie confortable. Vingt-six ans est même un peu tard pour le mariage d'une fille – quand dix-huit ans est bien trop tôt pour celui d'un homme. Elle a fait un choix en tout point contraire à celui qu'on attendait d'elle, tout comme lui.

Cette femme de caractère ne se laisse pas intimider. Will aime sa force que la douceur de ses manières ne parvient pas à dissimuler. Un jour, elle lui parlera des prétendants à qui elle a refusé sa main, comme la reine Elizabeth a éconduit les plus séduisants partis, anglais et étrangers. Selon Anne, ses propres soupirants étaient trop laids, trop grossiers.

Si elle avait été un homme, elle aurait eu un destin, affirme-t-elle. Elle aurait combattu dans l'armée de la reine, elle aurait manié l'épée et se serait distinguée, on aurait noué à sa jambe le ruban de l'ordre de la Jarretière. Elizabeth l'aurait appréciée pour sa vaillance et son apparat. Combien de chevauchées dans les brumes des champs de bataille, combien d'ennemis pourchassés jusqu'à leur trépas ! La gloire luisant sur son armure dans le soleil couchant. Après les combats, elle/il aurait écrit des poèmes qu'elle/il aurait destinés à de nobles mécènes. Gloire et honneur.

Will l'écoute et son cœur se serre. Il chérit son tempérament, et le courage dont font preuve les femmes, bien plus tenace, inné, que celui des hommes. Il sent dans la frustration d'Anne l'injustice faite à toutes celles de son sexe.

« Vous êtes loin de toute haine (*hate away*) », dit le jeune Shakespeare à la fille Hathaway. « Je ne vous déteste pas », répond-elle.

Un soir d'hiver de l'année 1585, naissent les jumeaux. Pour William et Anne, chaque naissance convoque autant la crainte de la mort que la délivrance et la joie. Dieu seul sait si ces créatures vivront au-delà d'un an. Autour d'eux, les nourrissons sont emportés par toutes sortes de fièvres parmi lesquelles une dite « virulente ». Le mal est tellement étrange que les petits êtres semblent en forme au lever du jour et, quand le soir tombe, la mère affolée les retrouve rubiconds et respirant à peine, aux portes de la mort. Pour cette raison, on baptise les petits dans les plus brefs délais. On prie, on espère. On s'en remet le plus vite possible à la bonté de Dieu. Will remercie la sainte Trinité et s'adresse à la Vierge, les genoux au sol, les mains jointes.

Le jeune père est fasciné par ces deux petits corps presque identiques. Si je ne voyais pas votre sexe, leur dit-il, je pourrais prendre Judith pour Hamnet et *vice versa*. Il suffirait que l'on vous habille avec les vêtements de l'autre pour que votre destinée change. Rien de ce qui est typiquement féminin ne peut se retrouver dans le masculin. L'inverse n'est-il pas aussi exact ? Peut-être aimerez-vous changer votre vie pour celle de votre jumeau un jour ? Ce n'est pas moi qui vous en voudrais pour cette audace. Un habit mensonger pourra peut-être révéler qui vous êtes. Et il se met à comparer le pied droit de chacun, les petits plis, les bourgeons des orteils, s'enthousiasmant de la finesse dont le Créateur a fait preuve.

Quand il n'enseigne pas aux enfants de la campagne, William écrit des poèmes. Il maîtrise l'art du sonnet depuis l'école. Il jouit d'une grande liberté dans ce cadre strict et se dit que sans cela son originalité aurait moins de sel. Il sous-entend, cache des doubles sens, jongle avec la langue. On peut dire l'infini dans trois quatrains et un distique, le sonnet peut accueillir le monde entier. William envisage le poème comme une musique avec des variations inspirées de ses états d'âme. La chute est l'élément vif, la flèche du Parthe. Ses créations sont parfois des lettres adressées à des inconnus, des personnages inventés ou à des familiers dont il brouille l'identité. Sur le papier, les mots tombent en gouttes de son cœur irradié et leur message, pourtant clair, reste brouillé pour les lecteurs.

Après avoir couché les enfants, Anne retrouve William qui lui lit ce qu'il a écrit. Elle écoute en silence, heureuse de ce privilège, puis marmonne des paroles qui ne parviennent pas à rendre l'intensité de son émoi devant des termes si nouveaux bien qu'issus de la langue anglaise la plus simple.

*

Un jour, son mari lui dit qu'un miracle a eu lieu et que son rêve pourrait se réaliser. Les pensées d'Anne deviennent infernales. Mais comment a-t-elle été si naïve ? Elle sait que son Will a toujours voulu être comédien, mais elle avait secrètement espéré que la vie de famille lui ferait abandonner cette lubie. Comment aurait-il une place dans une compagnie en vivant loin de Londres et en ne connaissant aucune troupe ? Elle a couvé cet espoir de le voir travailler avec son père *yeoman* au moment de leur liaison, avant leur mariage, et, après la mort de ce dernier, de le voir s'enrichir comme propriétaire terrien, lui qui est arrivé sans un sou aux noces.

Leur histoire a été une tornade dans sa vie jusqu'alors calme et ennuyeuse.

Elle avait élevé ses six frères et sœurs en soutien de sa belle-mère dans le cottage Hathaway et avait acquis les rudiments nécessaires à l'éducation d'une jeune fille de son milieu. Elle ne connaissait pas grand-chose au-delà des dix kilomètres entourant son village de Shottery, ne savait ni lire ni écrire. Elle savait en revanche broder, s'occuper du potager, trouver les meilleurs ingrédients dans les alentours – cela demandait de partir des heures dans la journée et de repérer les viandes les plus tendres, les céréales et les fromages de qualité, il fallait circuler dans la région, se lever aux aurores. Elle avait acquis un goût sûr en cuisine et une main généreuse en beurre pour des plats réconfortants. L'après-midi était consacré au brassage de la bière.

Le soir, Anne était percluse de fatigue. Elle sortait de l'eau du puits, rentrait à la maison Hathaway avec un seau lourd et se lavait rapidement les aisselles, les pieds, le visage et l'entrejambe avec un morceau de drap. Grelottante, elle enfilait ensuite un linge en toile rêche, de couleur blanche, et se couchait de bonne heure en tremblotant un peu, juste à la tombée de la nuit, comme les autres bêtes de la ferme. Un noir total s'abattait sur le cottage, on entendait parfois des grognements d'animaux, des soupirs de mammifères, des hululements de chouette ou, au loin, le bruit mécanique d'une roulotte solitaire circulant vers un lieu inconnu. Vers deux heures du matin, elle se réveillait et descendait à la cuisine pour beurrer une tranche de pain de seigle. Son père était déjà assis à la grande table, son bonnet de nuit sur la tête. Ils mâchaient de concert, l'oreille parfois troublée par un bruit nocturne. Et puis, le patriarche buvait quelques gorgées de bière et retournait se coucher en massant ses lombaires qui étaient douloureuses et troublaient son sommeil. Au moment de la pleine lune, Anne distinguait presque parfaitement les objets de sa chambre. Une émotion montait en elle et elle pouvait dire une prière, soupirer sur la beauté du monde, se languir d'un espoir inconnu.

Cette attente vague de jeune fille devenue femme tout en demeurant célibataire avait creusé en elle un besoin, un désir de vivre éperdu.

*

Le moment que William espérait arrive l'année de ses vingt-deux ans. Les Comédiens de la Reine, une compagnie théâtrale de premier plan, se sont arrêtés à Stratford. Une rumeur les a précédés. Un artiste de la troupe en aurait tué un autre lors d'un pugilat dans la ville de Thame, dans l'Oxfordshire, leur précédente étape. La vedette, William Knell, a perdu la vie sous les coups de John Towne. La troupe est amputée.

Will apprend la nouvelle, le cœur battant. Il attend l'arrivée des artistes dans un état de surexcitation. Son heure serait-elle venue ? Tant de fois, il a tenté d'intégrer une compagnie de théâtre. Il les voyait venir et partir, emportant avec eux une livre de sa chair et ses grandes espérances. Mais aujourd'hui la chance a tourné, la compagnie a besoin d'un remplaçant. Lui qui n'a jamais joué devant un public va enfin pouvoir montrer de quoi il est capable. Il rencontre les Comédiens de la Reine avant la représentation d'une pièce anonyme intitulée *The Famous Victories of Henry V*. Un des comédiens phares va endosser le rôle que la star Knell devait jouer. Et, en effet, un nouvel acteur serait le bienvenu pour un second rôle. Tiens, ce jeune homme qui s'est présenté de bonne heure à l'auberge où s'est arrêtée la troupe semble très enthousiaste. On ne discute pas longtemps de l'opportunité d'accueillir un petit nouveau. Pas le temps, pas le choix. On verra plus tard. On donne à Will sur une feuille de papier son texte à apprendre pour le soir même et vaille que vaille.

William n'a aucun problème pour retenir par cœur. Ses huit années à la *King's new school* n'ont consisté qu'en ça, à peu de chose près. Il est aussi animé d'une ferveur rare. Sa jeunesse n'a été qu'attente, oscillations entre espoir et découragement. Même s'il a écrit – quelques poèmes –, il s'est surtout morfondu. Lui qui fut un enfant entouré de frères et sœurs s'est pourtant senti seul. C'est une tout autre fratrie qu'il attendait, une camaraderie d'artistes, plus qu'une famille.

Le mot ne peut pas rester silencieux, il doit être lu à haute voix. Le comédien lui donne le pouvoir, la vie. Un mot sans timbre n'est qu'une baudruche vide. Il se souvient des récitations en latin ressassées à l'école. Il devait articuler sur un ton sinistre les textes des grands auteurs. Le professeur semblait veiller à ce que la vie s'épuise lors des lectures à voix haute. Cette monotonie pudibonde le révoltait.

En lisant le texte quatre fois, il l'a parfaitement mémorisé. Il ne sait pas que son jeu ne sera pas bon ce soir-là, trop impressionné qu'il est d'arpenter les planches devant un public. Il n'a pas encore appris le métier. Il récite comme un écolier fier de son ton boursouflé. Il n'a pas encore l'esprit des comédiens qui jouent du rythme, baissent ou élèvent la voix, donnent de la chair à un magma de mots bien insipides sans le supplément d'âme qu'ils y impriment par leurs mouvements, leurs respirations saccadées et, souvent, par la folie qui infuse leur corps. Ce moment où l'on entre en scène recèle de telles merveilles. Soudain, sa propre vie se concentre dans ces quelques secondes qui deviennent une expérience forte, solennelle. Personne dans la troupe ne lui fera de reproches mais on lui donnera quelques conseils. Il comprendra les jours suivants, lors des prochaines représentations, le travail qui lui reste à fournir. La tournée continue. Stratford n'était qu'une étape.

Je reviendrai, je ne vous oublie pas. Je vais réaliser de grandes choses. Vous entendrez parler de moi.

Il laisse Anne et leurs trois enfants derrière lui.

2

C'est l'été en région parisienne. Je prends prétexte de la canicule pour m'installer dans un hôtel climatisé qui se trouve à dix minutes de mon appartement. Je me délecte de cette nouvelle vue sur la ville, de ne plus être chez moi et de ne prévenir personne. Petite ivresse toujours éprouvée au moment de changer de vie. Ça me rappelle mes fugues de jeune adolescente. J'avais treize ans. Au lieu d'obéir à mes parents qui m'avaient inscrite dans une colonie de vacances, j'avais programmé mon réveil à trois heures du matin le jour du départ et je m'étais enfuie. Pour parfaire l'exaltation liée à l'aventure, j'avais accroché une corde à une fenêtre du premier étage, de sorte que j'allais descendre en rappel au milieu de la nuit et m'enfuir – l'idée de passer par la porte me paraissant terriblement ennuyeuse.

C'est très loin de ce que fit Shakespeare l'année de ses vingt-deux ans. Mais ce qu'il y a de mystérieux pour moi dans mon propre comportement est néanmoins ce qui me permet le mieux d'appréhender la disparition du barde.

À plusieurs moments de mon existence, j'ai fui. L'année de mes treize ans, ce fut une échappée dans un bois qui environnait la maison familiale. C'était la première fois que j'éprouvais cet emballement, la liberté arrachée à mes parents. Soudain, personne ne savait où j'étais et cette pensée me faisait faire des bonds de joie. Époque sans téléphone portable, sans réseau social. Parenthèse des possibles. J'avais emporté une petite radio que j'écoutais, allongée sur l'herbe, les yeux plongés dans la voûte céleste étoilée. Ce fut une nuit mirifique. *A midsummer night's dream.*

Plus tard, à l'âge de vingt et un ans, je m'envolai pour l'Écosse avec l'intention d'y vivre le reste de mes jours. Idée saugrenue et d'autant plus attirante. Au cours de cette année, je déménageai trois fois dans Glasgow et découvris, entre autres choses, que ce qu'on nomme maison close continuait d'exister hors de France. Personne ne connaissait mes multiples adresses et je ne parlai pas de la femme qui travaillait dans ce lieu et que j'avais suivie par curiosité. Secrets et disparitions. À nouveau, je savourais la volupté d'être introuvable.

*

Shakespeare a décidé qu'il ne pouvait se satisfaire de Stratford et de la routine d'une vie de famille. Contrairement aux jeunes gens de son époque, il s'est détaché de tout ce qui le liait à un lieu, à des ancêtres, à des responsabilités d'homme installé. Le comble est qu'on ne sait rien des années qui précèdent les premières pièces et cette disparition a duré longtemps : sept années. De ses vingt et un à ses vingt-huit ans. Les théories sur ces « années perdues » sont nombreuses. Elles vont prospérer, car elles excitent l'imagination.

Certains l'imaginent maître d'école, à la campagne, d'autres affirment qu'il aurait voyagé en Italie (nombre de pièces se situent dans le pays de Boccace), quand certains le fantasment parcourant les mers – car le vocabulaire maritime est très présent dans ses œuvres. La réalité est qu'on n'en saura jamais rien.

Un vide attirant. Toutes les hypothèses auront rencontré des contradictions suffisamment sérieuses pour que le passionné ne s'en lasse pas et cherche au-delà.

*

Tout ce que je sais, c'est que la lumière se nourrit d'obscurité. *Mutatis mutandis*, pour m'élever, j'ai eu besoin de disparaître.

Grandes et petites disparitions. Ma première fugue : j'ai trois ans. Je suis dans le jardin familial d'une maison de banlieue sans charme avec une zone industrielle à quelques pas et un terrain vague. Soudain, une idée me traverse la tête et m'obsède. Il est temps de *faire ma vie*. C'est dans l'urgence que je me prépare alors à une grande expédition vers l'inconnu. Je prends mon petit sac et le remplis d'objets indispensables : mouchoir, jouets, etc. Plus décidée que jamais, j'ouvre le portail que les parents ne ferment jamais à clé. Il me faut partir à l'aventure. Une vie devient une réalité tangible quand elle fait corps avec le mouvement. Je file, trotte dans une direction inconnue. Les voisins qui me raccompagneront diront « elle ne savait pas où elle allait mais elle y allait ». Je crois que c'est exactement ça. Je me rappelle mon empressement. J'avais pris une décision importante et je ne pouvais pas reculer. J'avançais d'un pas décidé. D'autant plus décidé que je ne savais pas où j'allais.

Je ne souris pas à ce souvenir, je refuse de le trouver attendrissant. Je le revis avec la même gravité qu'alors. Je me rappelle que partir était une exigence du plus haut sérieux.

Plus tard. Je déguerpis quand une personne me débecte dans une soirée, même en petit comité. À dix-sept ans, je me permets même des esclandres, des coups de gueule. Je me révolte, je m'emporte et je claque la porte. Je respire une fois à l'extérieur, l'air me grise. Je plonge dans la nuit striée des lumières de la ville, j'avance vite, comme un animal détale après s'être ébroué. J'oublie la mauvaise soirée.

Autre époque, autre évasion. J'ai vingt ans. La honte et la tristesse d'avoir un premier manuscrit refusé. Je m'empare du texte que l'éditeur m'a renvoyé par la poste et je m'en vais. Où ? Je ne sais pas encore. Je dois partir. Emmener la source de ma douleur avec moi et la jeter quelque part. La Seine est là. L'évidence. Je presse le pas et soudain le manuscrit s'éparpille, s'envole. La plupart des pages sont englouties. J'imagine les silures en faire un repas d'une consternante fadeur.

*

Avoir vingt et un ans dans l'Angleterre du XVIe siècle, être un jeune comédien sans expérience, loin de Londres, et un auteur en devenir, pourrait constituer un « défaut tragique », *tragic flaw*. Celui qui dota ses personnages dramatiques d'une idiosyncrasie qui allait les emmener vers l'abîme a dû sentir que son destin était fragile. Imaginait-il que l'échec lui serait fatal ? Le fait que ce désir d'art et de création ne se réalise pas aurait-il fait de lui un individu amer, un type mâchonnant ses désillusions et gâchant l'existence de son entourage ?

Shakespeare avait l'angoisse de passer à côté de sa vie. Les dramaturges ne manquaient pas à l'époque, ne serait-ce que Thomas Kyd et Marlowe. Personne ne l'avait introduit dans le milieu du théâtre, il ne vivait même pas à Londres et n'avait pas fait d'études supérieures. Rien dans son parcours ne lui permettait d'exaucer un tel rêve. Il fallut donc une bonne dose de chance et de volonté pour y parvenir. Surtout, il lui fallut partir.

William s'en va donc. Il part avec une intention. C'est ce qu'il est logique de penser. Il serait plus proche de la réalité de dire qu'il disparaît.

Soudain, sa biographie qui laissait bon an mal an quelques traces, ni plus ni moins que ses contemporains, mais des traces assurément, s'efface. Les chercheurs du monde entier traqueront durant des siècles le moindre frémissement évoquant un signe de vie durant ces sept années. Personne ne trouvera jamais rien de convaincant.

Au Japon, on parle des *évaporés*. Des milliers d'hommes et de femmes disparaissent du jour au lendemain chaque année, comme des gouttes de pluie fondent au soleil. Leur décision est toujours intime. Certains journalistes croient découvrir les raisons à l'origine de leur effacement du monde. Ce serait la honte d'être endetté, ou de sortir de prison, l'épuisement au travail, etc. Au fond, rien n'est plus difficile à expliquer. *A priori*, on ne sait jamais ce qui pousse quelqu'un à se volatiliser. De même qu'un suicide demeure une interrogation. Vouloir l'expliquer n'est pas le comprendre. Je constate pourtant un fait : le besoin non seulement de rompre avec sa vie passée, mais aussi celui de ne pas en recommencer une autre.

On peut décider de partir, on peut aussi *filer à l'anglaise* sans savoir ce qu'on fait. En ignorant même ce qu'on veut. Partir devient une fin en soi.

J'ai connu une femme qui, un jour, a laissé son sac à main, ses affaires personnelles, les clés de son appartement sur son bureau, s'est levée de sa chaise et a quitté son boulot sans avertir personne, ni ses collègues, ni son compagnon, ni ses amis. Pendant huit mois, elle n'a donné aucune nouvelle. Puis, elle est réapparue mutique et sonnée, métamorphosée. Et personne n'a jamais rien su de ce qu'elle avait fait durant tout ce temps.

Fuir provoque une ivresse. À mon modeste niveau, j'ai déjà approché cette sensation. Encore aujourd'hui, un simple voyage en train éveille chez moi une joie toute neuve. Ce n'est pas la destination ou ce que je vais faire une fois arrivée qui m'égaie, c'est le voyage, la fuite dans le paysage.

Alors, peut-être que ce jeune homme de vingt et un ans a pris la tangente un beau jour de 1585 pour simplement disparaître, comme le fantôme du père d'Hamlet s'évapore dans un souffle. Ses jumeaux Hamnet et Judith naissent, il part.

Est-il parti sans affaires, laissant femme et enfants sans nouvelles ni subside ? Il aurait cherché chaque soir un lieu où allonger son corps perclus de fatigue, endolori par de longues heures de marche. (Lors de mes fugues adolescentes, je cherchais des jardins où m'allonger, la nuit. En quête d'un endroit calme, d'un trou d'ombre où dissimuler mon corps.) Il aurait pu avoir faim et chercher un travail loin de chez lui. Lettré et talentueux, il aurait pu enseigner. À moins que sa vie précédente qui n'avait duré que vingt et un ans n'ait été volontairement effacée de sa mémoire et qu'il préférât tenter une aventure plus remuante.

Fantasme du marin ou du voyageur parcourant l'Europe.

Même à une époque aussi éloignée de la nôtre, il est difficile de ne pas laisser derrière soi une preuve de son existence.

*

Je n'ai pas pu commencer à écrire sans disparaître du regard familial. Je sentais que j'avais besoin de m'extraire de leur attention, de devenir invisible. Cette tentative d'écriture n'aurait pas été comprise. Elle aurait suscité des remarques gênantes pour moi. Si mon entourage avait su que j'écrivais – j'y joins mes amis de l'époque –, j'aurais été abreuvée de questions et je sais que celles-ci m'auraient déstabilisée à un moment délicat. Elles auraient été sarcastiques venant de mes parents, de mon oncle ou ma tante. Je n'aurais pas pu continuer avec cette foi folle qu'un jeune auteur éprouve en avançant dans son premier roman, dans sa première nouvelle, ou son premier poème.

Je me suis trouvé un espace, une pièce à moi, comme l'énonçait Virginia Woolf, où j'étais parfaitement seule et surtout loin d'eux et où je pouvais me confronter aux difficultés et aux joies de la littérature. Je ne révélai rien à quiconque avant la parution de mon premier roman. À l'exception de la maison d'édition, personne ne savait.

En cherchant à comprendre pourquoi William a disparu, je pressens que la création ne pouvait pas advenir à Stratford-upon-Avon. La famille n'était pas un entourage pour l'artiste qu'il était en train de devenir. Le jeune homme devait s'évaporer et réapparaître ailleurs.

3

1585

Will appartient désormais à la *Compagnie des Comédiens de la Reine*. Il joue un rôle chaque soir dans une ville différente, six jours sur sept. Le public lui évoque les fauves, bruissant dans l'ombre, quasi invisibles. La peur le saisit. Il façonne son jeu et découvre l'immensité des choix d'un comédien. Répéter fait naître des idées de jeu, des possibilités de rebondissements, d'histoires. Il est parfois tenté d'ajouter une nuance au texte ou de le dire autrement, alors même qu'il cherche à habiter les mots qu'il fait siens, à expulser quelque chose de sensible de sa bouche. Il happe goulûment le talent des comédiens qui l'entourent et tente de restituer une compétence qui leur serait comparable. Ivre de mots et de trac, il se voit comme un funambule en déséquilibre. Avant d'entrer sur scène, il oublie ses répliques et cet abîme le terrorise, l'attire malgré lui mais, comme par miracle, les phrases reviennent en un coup au moment où, plus fragile que jamais, il se présente devant les spectateurs. Un dieu veille sur lui quand il retrouve la mémoire. Ses yeux s'ouvrent grands, son cœur bat vite. Il exulte de faire don de son corps à des inconnus.

À vingt et un ans, il est d'humeur joyeuse. Des scènes comiques lui traversent l'esprit. Le soir, il s'isole du reste de la troupe et compose, de sa belle écriture baroque, des poèmes inspirés de personnages de la mythologie ou des textes enlevés exprimant l'amour avec une jubilation spirituelle. (Non, toujours pas d'écriture théâtrale.)

La troupe s'arrêtera dans une dizaine de villes anglaises. En fin de matinée, tout le monde se réunit dans la cour de l'auberge. Parfois, c'est aussi le lieu où ils donnent leur représentation – toute bourgade curieuse de spectacles n'est pas Londres.

Après quelques maigres heures de sommeil et une bonne dose de bières absorbées trop tard dans la nuit, les hommes ont les paupières lourdes mais sont prêts à repartir. La fatigue diminuera dans la journée. On boit de la bière dès le matin. Aucun de ces artistes ne consomme du café ou du thé, inconnus alors dans le pays d'Elizabeth, mais le métier leur a appris à trouver la concentration dès que la pièce débute, quel que soit leur état physique. Plonger sa tête dans un seau d'eau glacée peut souvent aider, le tabac stimule plusieurs d'entre eux. Si on se permet toutes les folies en dehors de la scène, l'humeur festive basculant facilement dans les étreintes, l'ivrognerie ou les bagarres, tous sont de grands professionnels, des artistes hors pair, fiers d'appartenir à une compagnie de premier plan.

William se sent désormais adoubé. Il possède quelques-unes de leurs qualités. Il surprend par un jeu ingénieux, étonne par son inventivité spontanée, par son enthousiasme. Ce jeune homme au front bombé et aux paupières épaisses n'est pas très beau, mais la douceur se mêle à l'intelligence dans son regard. Il ne jouera pas les rôles de femmes car il est trop âgé, ni les jeunes premiers, mais des rôles secondaires, parfois complexes. Sur la réserve, William observe les choses et les hommes avec une distance mi-amusée mi-admirative. La plupart des comédiens de la troupe savent qu'il écrit de la poésie. Un genre noble qui peut apporter richesse et célébrité, bien plus que n'importe quelle autre forme d'art. Celui qui va devenir son ami proche, Barnabe Smith, est persuadé que Will publiera bientôt ses sonnets et deviendra important.

Les deux hommes ne se quittent pas. Barnabe, fort de ses quinze ans de métier, adore répondre aux questions du jeune Will qui veut tout savoir de la scène contemporaine. L'aîné raconte, souvent interrompu par les remarques ou les interrogations de ce Stratfordien passionné. Il lit la ferveur dans les yeux bruns de ce petit provincial doué, une envie de théâtre qui ressemble à l'appétit même pour la vie.

Barnabe, acteur comique, impressionne par son physique, son comportement. Sa voix, instrument puissant, a cette capacité de vous faire vibrer même quand vous êtes placé au fond d'une salle de belle taille. Son ventre proéminent dit sa voracité. Il rit fort, boit sans jamais perdre le contrôle et sa jovialité vous inonde de chaleur. William est son spectateur le plus enthousiaste. Il jubile de le voir jouer, attend ses bons mots en retenant sa respiration.

Pour William, c'est le commencement de la jeunesse. Il découvre la grande joie d'être libre et entouré d'hommes fantasques, inventifs. Il avait besoin d'être en famille avec des artistes.

4

Voici ce que je sais sur son père, John. John Shakespeare a occupé plusieurs fonctions d'importance. De testeur de bière, puis gantier il est devenu gardien de la paix. Il exerçait donc l'ordre, représentait la loi. Il fut ensuite contrôleur des amendes, puis conseiller municipal et échevin. En 1558, il est élu bailli, autrement dit maire de Stratford-upon-Avon, ce qui prouve qu'il était apprécié de ses contemporains. Ce notable influent a néanmoins violé la loi à deux reprises et dû payer des amendes pour avoir fait du commerce de laine et prêté de l'argent, ce qui était strictement interdit et considéré comme un « vice très odieux et détestable[1] ». On ne sait pas grand-chose de plus.

Je pourrais imaginer que la disparition de William est liée à son père. Voici ce qui aurait pu se produire.

Avant son départ, le jeune homme cachait au fond de lui une détresse. Même l'arrivée de ses jumeaux

1. Bill Bryson, *Shakespeare. Antibiographie*, Paris, Payot, 2012.

n'avait pu totalement le réjouir. William, jusqu'alors, était l'héritier de son père. Il avait obéi, s'était comporté comme un fils digne de ce nom. L'auteur de ses jours était un homme autoritaire, fier de ses responsabilités municipales. John aimait autant le pouvoir que l'argent et il avait invité des types louches à plusieurs reprises dans sa maison. William avait pressenti, puis découvert les activités illégales de son géniteur mais avait gardé le silence. John faisait régner la terreur sous son toit. Il ne pouvait pas comprendre que ses fils fassent d'autres choix que les siens.

Voici ce que j'imagine. Un jour, il avait dit à William qu'il ne voyait pas quel genre d'homme il allait devenir. Le fils, treize ans alors, avait été blessé par cette remarque. Il s'était longtemps interrogé sur ce que cette phrase signifiait. Il pressentait ce qu'il y avait d'ambigu en lui-même, mais jamais il n'aurait voulu que sa délicatesse soit perçue par son père. John l'humiliait. William se demandait comment un homme aussi viril que l'auteur de ses jours avait pu déceler ce qu'il enfouissait en lui de plus délicat. Will était particulièrement sensible à la beauté. Il aimait également les vêtements élégants, le raffinement des dentelles, les velours et les fraises qui révélaient l'éclat d'un visage masculin. Nombre d'hommes de son temps chérissaient ces ornements.

Le goût pour la mode masculine était un signe de distinction aristocratique. John avait remarqué l'attrait de Will pour les costumes. Lui qui avait emmené son fils au théâtre avait constaté son excitation devant le spectacle, l'apparat, la fantaisie des vêtements de scène. Cette découverte, le garçon de l'époque voulait la garder pour lui. Le plus merveilleux pour le jeune William résidait dans la transgression de l'habit. Voir un personnage masculin ôter les vêtements propres à son sexe pour porter une robe produisait chez l'adolescent une émotion assez forte pour qu'il en rougisse, y repense à certains moments. Le théâtre permettait tout. Le pauvre s'habillait en riche, les hommes en femmes et les personnages de femmes, joués par des hommes, pouvaient se glisser soudain dans le plus viril des accoutrements. Le garçon adorait ces tours de passe-passe sans fin. Le costume était la porte ouverte à l'imagination, aux fantasmes les plus secrets. Dans une société où la moindre couleur, le moindre tissu étaient soumis à une règle et destinés aux privilégiés, seul le théâtre permettait la libération, la transgression, le jeu.

John flairait une faiblesse chez William. Il le lui avait dit. Et même s'il avait emmené son jeune fils voir des pièces quand il administrait la ville – c'était lui qui autorisait le paiement sur les fonds municipaux des troupes de théâtre itinérantes qui se produisaient à Stratford –, il pensait que les comédiens étaient une engeance pleine de vices. Si les sodomites existaient dans le royaume, ils ne pouvaient que se trouver dans les troupes dont les membres se travestissaient. Il n'aurait pas voulu qu'un de ses enfants fréquente ces originaux.

William se sentait écrasé par le jugement brutal de son père, par ses principes moraux, par ses attentes sans mystère. Quant à Mary, sa mère, elle était effacée, tapie dans l'ombre de son mari. Souvent enceinte, toujours occupée par ses enfants en bas âge, inquiète. Atteinte au plus profond d'elle-même, à demi folle de douleur quand elle perdait un enfant. La mort des petites filles nées avant William avait laissé en elle une plaie profonde.

S'il avait écouté son père, il ne serait jamais parti. Il n'aurait pas noué de liens avec des comédiens. Il serait devenu un bon bourgeois de la ville de Stratford. Il se serait lancé dans les affaires, le commerce du gant sans doute, ou bien il serait devenu échevin comme le fut un temps John. C'est exactement la vie que William voulait fuir.

Ou peut-être cette autorité s'est-elle exprimée de façon plus sournoise. Plus un mécontentement est ténu, plus il est difficile à exprimer, et plus il est indispensable de le fuir.

Quand Kafka parle des humiliations qu'il a subies de son père, il se rappelle les leçons strictes de ce dernier concernant les manières à table. Dans *Lettre au père*, il raconte que l'auteur de ses jours exigeait de lui qu'il ne mange pas trop, qu'il ne fasse pas de miettes et ferme bien sa bouche en mastiquant. Le jeune Franz obéissait à ces règles alors que le père lui-même faisait le contraire de ce qu'il exigeait de son fils. Un homme peut détruire votre univers sans outrepasser aucune loi. Certains comportements paraissent anecdotiques pour celui qui n'a pas vécu ces histoires. « La peur que tu m'inspires [...] comporte trop de détails pour pouvoir être exposée oralement avec une certaine cohérence », écrit Kafka. À l'intérieur de ces détails de la vie ordinaire, il y a l'abus, la sensation d'être mis en danger, d'être accusé d'une faute incompréhensible. Aucun tribunal n'aurait pu juger le père de Franz Kafka mais ce dernier a écrit pour dire combien il se sentait persécuté par la puissance paternelle, une domination absolue, inquisitrice, judiciaire.

*

Certaines blessures invisibles peuvent être causées par des coups discrets. Rien de tel qu'une famille pour s'aveugler devant la malfaisance d'un de ses membres respectés.

Je n'ai pas eu d'autres choix que de fuir les miens pour vivre. La violence y prenait toutes sortes de formes – les femmes par exemple agissaient de manière plus discrète et même plus douce mais souvent redoutable. Se tenant pour idéologiquement respectables car communistes – d'un communisme sectaire qu'ils chérissaient comme un fétiche, un prêt-à-penser –, les membres de ma famille proche refusaient que leurs enfants choisissent un destin différent du leur au nom de leur amour pour la classe ouvrière. Faire des études était une lubie acceptable si cela ne durait pas plus de deux ans. Deux frères édictaient les règles. Mon père et mon oncle. En particulier ce dernier qui insuffla une vraie philosophie sur le clan et dont la personnalité se révéla des plus inquiétantes.

J'ignore pourquoi cette famille éprouvait une telle méfiance, un tel ressentiment envers ses enfants.

Ce réflexe était probablement un héritage de plusieurs générations.

Mon cousin devint homosexuel et fit des longues études. Son père n'eut de cesse de l'humilier en public en le traitant de parasite vivant à ses crochets. J'aurai aussi le droit à cette appellation un jour. Je considère mon oncle comme un personnage shakespearien. J'y reviendrai plus tard.

« Tu n'as pas été violée alors de quoi te plains-tu ? » m'avait un jour dit ma mère une fois que j'eus dénoncé les agissements des deux frères.

Le message était clair : tais-toi.

Il y a eu plusieurs fuites dans ma jeunesse. Celles dont j'ai parlé : les fugues. Comme j'ai aimé ces moments arrachés à l'ordre des choses, ces îlots de liberté enivrante. Même si elles ne duraient pas longtemps et que je rentrais dès le lendemain, je m'étais emparée d'un temps, d'un espace, d'un mystère qui ne m'étaient pas autorisés. Ce moment-là avait été le mien. J'échappais enfin à ma terreur d'hériter inconsciemment des attitudes, des pensées, des façons de parler de cet entourage auquel je refusais de ressembler parce que je pressentais la charge de mort qu'il allait provoquer. En fuguant, je saisissais quelque chose de singulier, une partie d'existence qui n'appartenait qu'à moi.

Et puis, la seconde fuite a été la lecture. Lire, lire, lire. Lire seule, lire quand je suis entourée d'adultes, lire dans des lieux sans intimité. Résister au monde des autres, ceux que je n'ai pas choisis, en plongeant dans le monde plus ouvert de la littérature. Je disparais en écoutant les voix de Conan Doyle, Tolkien, Zola, Flaubert, Colette, Balzac… Je ne suis plus où mon corps réside.

Comment sait-on qu'on s'est sauvé ? Que la partie tendre et forte au fond de soi, ce qui est soi, seulement soi, est préservée ?

Disparaître est un réflexe de survie. Certaines familles sont si étouffantes qu'à moins de ressembler à ceux qui les composent, il n'y a que la rupture qui vous maintienne vivant. Soudain le fonctionnement de ces clans vous paraît anormal et la transgression devient une nécessité.

William a commencé son existence d'adulte par la transgression. Il a épousé une femme plus âgée que lui. Au sein d'une société patriarcale, et à plus forte raison au XVIe siècle, le mariage doit représenter l'ordre des choses. L'homme domine la femme. Le seigneur trônant à mille coudées au-dessus des bourgeois et des pauvres protège son peuple. Le roi, monarque élu de Dieu, dirige le pays. La religion s'impose à chacun. La hiérarchie se retrouve partout comme une imitation du pouvoir royal appliquée à n'importe quel groupe social. Au sein du couple, l'homme et la femme ne sont pas égaux. Le jeune Shakespeare ne suit pas cette règle. Il désobéit aux traditions. Il est un adolescent devant une femme. Y a-t-il un message envoyé à son père ? Son père représentant de la loi, son père incarnant l'ordre, le gardien de la paix devenu bailli. Il va de soi que ce choix ne pouvait pas plaire à John.

Mais il est aussi possible que ce mariage ait finalement été accepté par tout le monde. Anne Hathaway étant un bon parti, la différence d'âge a fini par s'oublier.

Cette première rupture avec l'ordre établi ayant été accomplie, il se pourrait que William ait estimé qu'elle ne suffisait pas. Le bonheur conjugal n'est pas tout. Peut-être que la vie de couple lui était elle-même pesante. Surtout, William s'aperçoit que le pavé dans la mare est vite accepté. Cette tentative de transgression n'a pas suffi. Il a besoin de déplaire plus profondément à son père. Veut-il devenir le contraire du *pater familias* ? La révolte sourd dans sa tête. S'il reste à Stratford, il deviendra ce que son clan attend de lui. Un bon bourgeois. Il ne déplaira pas. Il ne sera qu'un fils obéissant. Sa vie sera vissée à Stratford et il mourra de frustration, d'ennui. Il se sentira écrasé par la figure paternelle, représentante du pouvoir et de la raison. Pour John, il est bon que ses fils l'imitent. Il n'a même pas à articuler cette évidence. William n'a pas le choix de sa vie. Il est regardé par la petite ville comme le fils de. Il est dans l'ombre. Dans l'ombre de John. Tout est normal.

Le grand saut dans l'inconnu, voici de quoi il s'agit.

*

À dix-huit ans, j'entre à la Sorbonne pour étudier l'anglais et découvre les pièces de Shakespeare dans leur langue d'origine. Je plonge dans les textes avec une curiosité inédite.

Ma vie me pèse. Je loge chez mes parents dans une banlieue reculée et l'ambiance à la maison est sinistre. Mon père me rudoie ou m'adresse à peine la parole, espère que je trouve un travail le plus rapidement possible pour que je débarrasse le plancher. C'est mal parti pour l'emploi. Je vis éloignée des lieux de culture, j'ai besoin des livres pour m'élever ; trouver un univers qui m'épanouit. Si je ne m'élève pas, je vais sombrer, je vais stagner dans ce milieu farci de rancœurs et de violence sournoise. Shakespeare écrit dans une langue difficile, mais je réussis à entrer dans cette complexité et, au bout de tant d'efforts, c'est le ravissement. C'est peut-être même cette résistance qui m'attire. Ce que je parviens à comprendre me procure une sensation de plénitude. Il est l'auteur complet, poète et mystérieux, ambigu sur tous les points. Je peux grandir. Il m'aide. Je m'accroche. Parfois on nous demande de disserter sur une pièce à partir d'une citation. J'élabore, je construis, je tâtonne sur la signification des répliques. Je cherche le sens. Ce sens vieux de quatre siècles, je le puise dans mes perceptions, et mes déductions. Dans cette épreuve, tant d'interprétations personnelles.

Ce qui est perçu par les élèves anglais comme un pensum est une cure de jouvence pour des étudiants français qui ont choisi cette discipline. On perçoit qu'il y a là un monde : des bouffons, des nobles, des créatures fantastiques plus ou moins effrayantes, des voyages, des meurtres, des trahisons, du sexe… Ce théâtre n'est pas un théâtre de cour, c'est l'art sans préjugé mièvre, exposé dans la crudité de sa vérité. Il s'adresse à tous.

Les années passent, j'entre dans un séminaire d'études élisabéthaines, voyage à Stratford sur la piste du barde, effectue des recherches sur un de ses contemporains, Ben Jonson, en gardant toujours en tête William.

J'ai l'âge de Shakespeare quand il a disparu, et je ne sais toujours que faire de ma vie.

Deuxième acte

1

Je n'ai plus de temps à perdre. La vie m'offre enfin l'occasion que j'attendais pour fuir. Anne m'en tiendra rigueur. Elle n'avait pas rêvé d'un mariage avec un homme absent. Je ne sais pas comment grandiront mes enfants. Mon père voudra me tuer. Le vieil homme a la rancune tenace, il est sec et dur comme la justice. Moi, je ne me juge pas dans mon droit, je viole la loi à ma manière. Abandon de domicile.

Je veux en être. Si je n'en suis pas, mon existence n'a pas de sens. Si quelqu'un venait et me disait maintenant : ta vie sera à Stratford avec ta femme et tes enfants, je crois que j'aurais assez de colère pour le passer au fil de l'épée. Je vais devoir convaincre la troupe que je suis un comédien. Et je n'ai jamais joué ! Mais je suis imbibé de cet art comme le nourrisson est plein du lait de sa mère. À dix ans, j'ai su que j'étais fait pour les planches. J'espérais que l'occasion se présente. Je n'ai aucune expérience et je ne suis même pas le plus jeune de la troupe. C'est Ernest, qui aura bientôt seize ans, l'âge idéal pour jouer les jeunes filles.

J'ai réussi à tenir le rôle qu'on m'a attribué au débotté, retenant mon texte en quarante-cinq minutes. Dieu m'empêchera de louer la mort de ce comédien trucidé, ce William Knell, qui a laissé un grand vide derrière lui. Mais comme le hasard est bon ! Je sens que le printemps de ma vie va permettre l'éclosion de mon talent. Même si je dois convaincre les membres de la troupe. Pour eux, je ne suis qu'un inconnu aux pieds d'argile, un pis-aller à la tête farcie de textes antiques quand un artiste virevoltant leur fait défaut. Demain nous partons jouer à Warwick. Et puis, nous remonterons plus au nord. Je rêve de l'Écosse. Ce territoire sauvage est un puits de secrets, des horreurs doivent se dissimuler sous la brume. Le meurtre peut y être courant, inspiré par des créatures diaboliques issues des montagnes délaissées. Le simple nom de certains lieux me fait trembler. Malheureusement, la troupe n'a pas prévu d'y faire une incursion. Dans plusieurs semaines, nous serons à Londres. Ce que je redoute et ce qui m'attire m'attendent. Cette ville-goule détestée par mon père comme la plus vicieuse des catins est l'avenir des arts.

Dans l'arrière-cour de l'auberge, le public s'est regroupé. Les plus chanceux se sont réunis aux balcons. Les détrousseurs de bourse rôdent. Quelques spectateurs sont déjà soûls et apostrophent les comédiens. J'observe de près le rite des derniers préparatifs. Thomas maquillant les yeux de Ben après lui avoir appliqué une poudre blanche sur le visage. Ils se parlent tout bas. Soudain, Ben éclate d'un rire suraigu – il entre dans son rôle de femme.

Henry pose des écriteaux sur la « scène » : ici *montagne*, plus loin *pont*, transformant la cour de l'auberge en géographie naturelle. C'est un nouveau monde qui émerge, tout en relief, recouvert de bruyère que le vent courbe. L'eau d'une rivière imbibe un sol spongieux d'où émergent des batraciens aux mouvements furtifs. À la nuit tombée, commence la danse étrange des lucioles.

Autour de moi, tout frémit, s'agite, Ernest reçoit un coup de pied aux fesses qui lui rappelle qu'il doit être prêt et plus vite que ça.

L'excitation précédant la représentation me procure une joie indicible. Je n'ai jamais été aussi heureux. Il m'est à la fois loisible d'observer les êtres que j'admire le plus au monde, les comédiens, et de faire partie de leur caste. Ma passion pour eux ne cesse de s'accroître. J'apprends tous les jours de leurs dons infinis, de leurs forces, des merveilles qu'ils créent. Chaque scène raconte une histoire élaborée avec la plus grande perfection. Chaque comédien promet au public du rire et des larmes, susurre des mots doux ou s'emporte, peut sortir son poignard et frapper son ennemi devant une foule crédule et gourmande de toute émotion extrême. Le prologue de la pièce est une promesse murmurée à un amant. Dans cette proposition, le public reconnaîtra ses désirs. Durant les prochaines heures, il sera spectateur d'une version de sa propre vie. Mari trompé, femme sauvage, sœur adultère, menteurs et voleurs. Il rira au lieu de s'apitoyer, il criera devant le sang versé, pour sa plus grande jubilation.

Et tout cela sera possible grâce à ces hommes, ces génies qui transformeront le texte en réalité. Ces demi-dieux aux cent masques. Ces incarnations miraculeuses parvenant à donner vie à tout homme, à toute femme, quels que soient son âge ou sa position dans la société. Ces renégats de la vie honorable sont le sel de la terre. Méprisés par les notables qui leur prêtent mille et un vices, poursuivis par des lois les accusant de vagabondage, ils sont les artistes dévoués aux imaginations foisonnantes, le miroir des personnalités vertueuses ou vicieuses. Un costume les métamorphose, une voix change de timbre et fait entrer l'artiste dans un autre corps, une réplique persuade que le jour dans lequel le comédien se présente au public est en réalité la nuit : « qui va là ? » dit-il en tendant une torche imaginaire.

J'apprends beaucoup de John Towne dont le talent – sa voix me fait trembler – me stupéfie. Un halo de mystère flotte autour de lui, en particulier quand je le vois panser sa plaie, souvenir de son combat au couteau avec William Knell. Towne a échappé aux sanctions, car plusieurs témoins ont affirmé que son geste était de la légitime défense. Qu'en est-il vraiment ? La mort est entrée dans la troupe et son odeur rôde encore autour d'elle.

Quand je demande à Towne qui est selon lui le plus grand comédien de notre époque, il me répond « Richard » et ses yeux semblent fixer une apparition lointaine. Il n'attribue pas de patronyme à cet homme trop important pour qu'il soit nécessaire de donner plus de précisions. Cette révélation me hante et je me mets à imaginer l'inconnu. À quoi ressemble-t-il ?

Quel effet cela procure-t-il de le voir jouer ? C'est évidemment un tragédien qui doit laisser le public désolé quand il quitte la scène. Est-il grand et fort ? Maigre et inquiétant ? Agile sur ses jambes comme il est doué de parole ? Il doit éclipser les autres acteurs qui ont la malchance de passer après lui et qui voient les spectateurs se distraire devant eux, se bécotant soudain ou apostrophant un vendeur de nourriture quand ils étaient bouche bée quelques minutes plus tôt.

Cet après-midi, au moment d'endosser mon rôle, une pensée étrangère s'introduit en moi et me laisse affligé, sans mémoire de mon texte. L'angoisse monte, le temps se fige. Je distingue les regards de ceux qui sont là et qui attendent. Au loin, quelqu'un me chuchote les mots. Le noyé que j'étais revient à la surface et dans une honte absolue, une panique incontrôlée, je répète les phrases indomptées au public abasourdi. Je quitte la cour-scène, des hommes enivrés me huent et je disparais du regard des spectateurs, désespéré.

Je ne sais pas ce qu'il s'est passé.

– Ça arrive toujours au moins une fois aux comédiens novices et parfois même aux plus grands, dit Barnabe.

– Espérons que ça n'arrive pas deux fois, marmonné-je en baissant la tête.

La honte du mauvais élève me colle à la peau, m'empêchant d'apprécier le jeu de mes camarades. Comment éviter que cela se reproduise ? J'étais comme absorbé par une présence invisible. Je me sentais sous le contrôle d'un être puissant et mauvais. Ah, le métier est difficile, complexe, une bonne mémoire ne suffit pas à retenir un rôle.

– Il nous manque un comédien de premier plan, dit Thomas.

Je tente de ne pas prendre cette phrase personnellement. Je sais que la mort de William Knell, l'acteur vedette, est une perte inestimable pour les Comédiens de la Reine. La discussion qui s'ensuit est vive. J'écoute, mon regard évitant John.

– Il manque une âme à cette troupe, s'énerve Thomas.

– Est-ce que nous n'avons pas donné le meilleur de notre art ce soir ? demande Barnabe.

– Ce n'est pas assez ! s'emporte Henry. Oui, nous avons été à la hauteur mais on ne se passe pas d'un homme tel que Knell et on ne le remplace pas par le premier venu.

– Que proposes-tu ?

– Débauchons le plus grand.

Silence.

Tout le monde attend l'arrivée de Richard. Rien n'est certain. Quelqu'un a été envoyé à Londres pour le convaincre de rejoindre la troupe. Il faudra des arguments aussi bien artistiques que financiers. Et songer sans doute à lui octroyer des privilèges. L'ambiance devient fébrile. Quelques comédiens sont à cran. Les échauffourées se multiplient. Je ne comprends pas tout. Il me semble que la seule prononciation de son prénom a suffi à troubler les esprits. Barnabe est mal à l'aise quand je l'interroge sur Richard. Je crois qu'ils ont eu un différend il y a un certain temps.

– Ça reste un excellent élément, mais je ne l'aime pas, finit-il par me dire avec une grimace dont il n'est pas coutumier.
– Pour quelle raison ?
– Tu te feras ton idée.

Nous changeons de ville au petit matin. Les paquets s'accumulent dans la charrette qui se met en branle en direction du nord.

C'est l'été, l'air est chargé d'une tiédeur agréable. Je marche le cœur léger. Nous partons en direction du septentrion, vers un endroit que je ne connais pas et c'est merveilleux d'explorer des lieux inconnus, de suivre des chemins en pleine forêt parfois. Mon imagination s'emballe et je crois voir la silhouette guerrière de la reine des amazones filer au loin à cheval après nous avoir épiés en silence. Son regard de glace me hante de façon délicieuse. Il arrive que, lorsque le soleil s'est couché, nous marchions à travers des champs de lucioles et ces créatures ressemblent aux messagères d'un monde féerique.

Nous chantons à tue-tête. Barnabe est un véritable leader. De sa voix grave il entame toujours les premières paroles d'une chanson enivrante et nous le rejoignons dans l'allégresse. Arrive un moment où les corps s'en mêlent et nous avançons en dansant, bonds, gigue. À d'autres moments, je marche loin du groupe et mes pensées s'assombrissent, s'enroulent autour de l'écorce rêche des arbres, s'enfouissent sous terre et je me mets à trembler, persuadé d'avoir entendu les mots chuchotés d'une sorcière me révélant mon avenir.

Je décide de ne pas l'écouter. Mais si je tendais l'oreille, mon destin changerait-il ? La connaissance de son propre futur permet-elle d'échapper à son destin ? Le pauvre Œdipe n'y parvint pas.

Ces hommes sont sensibles aux promesses de gloire. Je ne suis pas différent. Je rêve d'un illustre accomplissement. D'ailleurs, n'était-ce pas les mots sortis de la bouche de la sorcière ? Ne disait-elle pas que je ne serais pas un grand acteur de notre époque mais que je me hisserais vers d'autres feux plus durables ? Non, je refuse de prêter l'oreille à ces créatures de la nuit. Leur pouvoir menace tout être de chair.

Arrivée à Leicester. Puanteur. Je respire par la bouche et pourtant la pestilence m'envahit le corps. Barnabe tend le bras vers un bâtiment situé près de la rivière, « une tannerie », marmonne-t-il.

– Habitue-toi, Londres est saturée de ces miasmes. Les peaux sont trempées dans des cuves pleines d'excréments de chiens pour les assouplir… On peut s'estimer heureux : il y a trois ans, nous n'aurions pas pu nous arrêter dans la ville qui était ravagée par la peste. Et l'emmerdeuse risque de revenir à n'importe quel moment. Elle part et elle revient. Les guerres sont moins vicieuses et moins fatales que ces fléaux qui frappent et s'en vont dans l'invisibilité la plus diabolique. Jeune homme, nous qui sommes les saltimbanques de l'Angleterre, nous côtoyons la faucheuse avec plus d'intimité que le reste de la population qui vit, dort et travaille au même endroit. Nous sommes ses quasi-compagnons. La chance te garde en vie.

– Londres doit être une merveille.

– Une merveille racoleuse, sublime et vérolée comme une vieille prostituée.

– Les femmes mûres ne me déplaisent pas forcément.

Barnabe éclate de rire.

Nous traversons des rues sales. Un gueux édenté approche vivement son visage du mien et me demande une pièce en me fixant de ses yeux jaunes. Mauvaise haleine et sermon à la bouche. Barnabe lui fait signe de déguerpir.

Nous nous arrêtons à l'auberge « The Fox » reconnaissable à son enseigne à l'effigie d'une tête de goupil bien roux. Nous déjeunons de fromage et de bières. Nous dormirons à deux voire trois par lit, prévient Henry. Tout le monde y est accoutumé, sauf moi. Nous nous dépêchons de vider la charrette dans la cour. C'est la précipitation. Henry donne à chacun son texte et demande si Barnabe peut l'aider à choisir le matériel à utiliser pour la représentation. De quoi vont-ils avoir besoin ? Ils discutent, cherchent. « Tu sais danser ? » me demande Thomas en me tapant dans le dos – sa prononciation étonne, il zozote toujours quand il n'est pas sur scène. Oui, je sais. Ça tombe bien, tu vas danser dans quelques heures. Nous n'avons pas beaucoup de temps pour répéter, alors il ne faut pas se tromper ni oublier sa réplique.

Je jouis d'un statut particulier, puisque la compagnie m'a accepté, alors que je ne suis ni un comédien chevronné, ni un jeune garçon à former au métier. Il m'est interdit de décevoir une deuxième fois. Je ne peux pas laisser filer mon texte dans l'abysse de ma mémoire, et je dois danser, chanter comme le plus doué de la troupe.

Mais quelle extase, quelle vie pleine d'excitations, de surprises, de rencontres extraordinaires ! Cette précipitation de chaque instant, ce crépitement d'inventions, c'est exactement ce que j'attends de l'existence. Ma pulsation au rythme du théâtre. Cette peur qui me glace avant de monter sur scène, cette impression que le temps s'est concentré en un atome, que rien d'autre n'existe, que le passé et le futur sont abolis. Seuls demeurent le présent le plus cru, mon texte mille fois mâchonné et nos corps de comédiens tout entiers jetés dans la fosse. Et cette gaieté pure que j'éprouve en jouant, cette sensation d'ivresse. Mais avant cela, reprenons nos répliques et nos gigues.

Je m'isole près d'un poulailler. La frénésie des galliformes sera moins bruyante que le chahut des artistes.

Après avoir travaillé seul, je rejoins la troupe pour la répétition de la gigue. Nous jouons dans deux heures afin de profiter de la lumière du jour. Si je dois encore progresser dans mon jeu, la danse ne pose aucun problème, je dirais même que j'y excelle. Long et léger, mon corps s'accorde très bien au mouvement. Quand mon souffle s'emballe, je sens la joie monter. La douleur dans les muscles participe à mon plaisir. Inflammation exquise des courbatures le lendemain. Lassitude heureuse. Je remercie Dieu de m'avoir incarné. Depuis l'enfance, je danse dès qu'une occasion me le permet : à toutes les fêtes de Stratford. À l'âge de cinq ans, j'imitais les adultes et je me souviens des regards attendris sur moi. Jeune homme, mon empressement à danser suscitait des remarques moins bienveillantes. De quel bois étais-je fait ? Étais-je le digne fils de mon père ou une sorte de saltimbanque efféminé ?

Barnabe m'attrape par la nuque et m'attire à lui. J'ai quelque chose à te dire, murmure-t-il dans mon oreille. Tu vas bientôt voir Richard. Il est en route.

J'avais oublié ce nom, mais à l'instant où Barnabe l'a prononcé, j'ai éprouvé comme un frisson. Mon ami lit dans mon regard et sourit. Tu vas rencontrer un maître de la tragédie, une fine lame du théâtre capable de duels spectaculaires, appelé pour cette raison *Prince des chats*, un homme n'ayant pas son pareil pour effrayer le public en un tournemain, une voix ensorcelante charmant les oreilles les plus réfractaires, un monstre fascinant de l'art dramatique.

Quand arrive-t-il ? Bientôt, répond Barnabe. En attendant, répète tes tirades avec moi, ordonne-t-il en me prenant par les épaules et en me plaçant au centre d'un cercle invisible. Te voilà seul en scène ! Il prononce la réplique qui précède la mienne. Séduis-moi, dit-il après que je me suis exécuté, je veux voir ton corps jouer, ton visage, ta voix. Tu ne me donnes pas la moitié de toi pour l'instant. Je cherche William et je ne le trouve pas. Regarde l'espace autour de toi, c'est ton lieu de vie, accapare-le ! Barnabe entre alors dans le cercle et joue sa partie. C'est l'instant magique. Le gros homme devient une créature légère et joyeuse, il articule avec une bouffonnerie irrésistible, il est un clown de haut vol, un bateleur du verbe jonglant avec les mots, multipliant les cuirs et les calembours qu'il invente au fil du texte quand celui-ci ne lui fournit pas sa ration de délectations verbales. L'écouter vous transforme en un écolier dissipé, vous riez malgré vous de ses fulgurances, aussi irrésistiblement que si celles-ci étaient interdites. L'observer est une expérience magnétique. Il réunit ce que j'aime le plus chez les comédiens, la capacité à devenir ce qu'il n'est pas aussi vite qu'un tour de magie. Sa présence vous dévore, vous laisse sans voix. Vous oubliez votre propre existence. Et c'est lui qui admire ce Richard !

Soudain, Barnabe place ses mains autour de mon cou, ses grosses pattes chaudes, et plante ses yeux bleus dans les miens. Sa barbe frémit un peu avant qu'il ne parle. Dis-moi, William, tu n'aurais pas envie d'une femme ? La question m'étonne. Il m'affirme qu'il a remarqué une « petite brune » travaillant dans l'auberge qui s'était retournée sur mon passage. Ne me dis pas que tu comptes être en tout point fidèle à ton épouse.

Sa question m'interpelle. Si l'on m'attaquait à l'épée, je devrais bien me défendre en me battant en retour. Si le désir me travaille, je suis bien assez homme pour y répondre tout autant. Ma religion est un sujet trop important pour museler ma vitalité. Dieu trône bien au-dessus du règne humain pour se soucier des petites réactions nerveuses de ses créatures. La vie d'un couple marié ressemble trop à la fin d'une intrigue pour devenir le sel de l'existence. Il y aurait bien des histoires à écrire sur ce thème qui seraient bien plus acceptables si elles se passaient à l'étranger, à Vienne ou Venise.

Imaginons que cette jeune femme tombe enceinte de moi et que je sois condamné à mort, ma tête coupée, dans un lieu qui n'est pas l'Angleterre. Si la peine était prononcée, comment échapperais-je à cette sentence ? Barnabe me secoue. Eh bien, tu en fais une tête ! Tu n'as plus l'air d'être parmi nous !

Montre-moi cette petite brune.

*

Ah, me voilà embrassant enfin le métier. J'ai senti que j'existais pleinement dans mon personnage et que mon jeu était précis, que je me déplaçais parfaitement. Je ne doute plus d'être digne de mes compagnons qui, attentifs à mes progrès, m'ont félicité. Cette fois-ci, je sais qu'ils m'ont adopté comme l'un des leurs. Ce soir, quand nous serons attablés, les plaisanteries fuseront et, après quelques bières, je déclamerai un poème que j'ai terminé la veille, au milieu de la nuit. L'alcool m'aidera.

La ville de Leicester est envahie de fripons. Plusieurs personnes dans le public se sont aperçues que des voyous leur ont subtilisé leur bourse pendant le spectacle – preuve que nous étions captivants, ils ne se sont rendu compte de rien. Une bagarre éclate. Un groupe se forme autour d'eux. Barnabe s'approche de moi et dit que nous avons eu de la chance, l'échauffourée arrive après la représentation. Deux hommes ont été rejoints par un flot de canailles. Des couteaux sont brandis. Je distingue une lame tendue vers le ciel, lumineuse comme un éclair. Des cris résonnent.

Un jet de sang lacère les visages des badauds. Têtes agrippées, coups de pied et de poing, rage, cris. L'un d'eux hurle : Je vais te couper une livre de chair pour ce que tu m'as volé ! Et l'empoignade continue. L'autre se retrouve à terre et hurle.

Ce n'est pas la première rixe dont je suis témoin, mais celle-ci me secoue par sa violence et par les images qu'elle réveille chez moi. Non, ce n'est pas à Leicester, c'est à Rome que nous sommes, à la curie de Pompée en 44 avant J.-C. L'événement est une tragédie politique qui se conclut dans la fureur d'un groupe contre un homme. Les couteaux ont frappé, la meute s'est pressée autour de la victime pour l'achever. Elle n'en finit pas de mourir, son sang continue de se répandre, tachant ses agresseurs. Et si cet homme était César assassiné par Brutus, Cassius et leurs soutiens ? Est-il un simple coupe-bourse qui vient de rendre l'âme ou un personnage d'une plus grande influence, un tyran qui menaçait la ville de Leicester ? S'agit-il d'une vengeance, d'un règlement de comptes longuement mûri ou d'une réaction de colère contre de simples vols ? Le gueux avait-il envisagé sa propre mort à force de larcins et autres viols de la loi ou était-il insouciant comme un enfant qui se croit éternel ?

Mon cœur s'emballe. Assister à la mort d'un homme ne peut que changer ma vie. Je me sens envahi de solennité religieuse. Une prière silencieuse me gonfle la poitrine. Tant de questions demeurent sans réponse. Je n'ai rien connu d'aussi dramatique de toute mon existence.

Aux cris des gens d'armes arrivés en courant, la foule se disperse. Le martyr baigne dans son sang, son âme embrasse les ténèbres. Je suis proche de lui, si près que je peux sentir l'odeur de son corps ouvert à plusieurs endroits, les effluves de sa douleur, de sa terreur passée. Éloignez-vous ! aboie un gardien de la paix en me poussant. Je dois sortir de ma sidération, m'écarter, mais le spectacle continue : l'acte me glace et produit sur moi une fascination terrifiante.

– Que regardes-tu ? me demande un homme vêtu de noir que je n'avais pas remarqué.

Je sursaute.

Trapu, la barbe rousse et le regard brûlant, l'individu m'observe peut-être depuis longtemps.

Je ne réponds pas. L'inconnu continue de me fixer avec autorité, ruminant une pensée mauvaise.

– Tu vois bien que ce n'était qu'un voleur.

– C'était un homme.

Il éclate de rire.

– Tu crois que toute vie est digne d'être vécue ?

– Pour lui, elle devait l'être.

Les sourcils haussés et le sourire en coin, il jubile.

– Sa mort lui a évité les nombreuses cruautés que le sort lui réservait et le public sera mieux disposé la prochaine fois.

– Pourquoi me parlez-vous du public, vous n'êtes pas acteur.

– Je suis le plus grand acteur de l'époque. Et je viens vous sauver d'une perte tragique à laquelle une troupe comme les Comédiens de la Reine ne pourrait survivre.

– La mort de William Knell…

– Oui, mon garçon. Ce n'est pas toi qui pourrais remplacer un tel artiste.

– Vous êtes le fameux Richard ?

– C'est moi. Tu peux oublier le nom de William Knell, ajoute-t-il avec un drôle de sourire.

Il s'en va, ses grandes épaules chaloupant sous son habit sombre m'impressionnant encore, alors qu'il m'a tourné le dos. Je l'observe et une sensation de froid me gagne. A-t-il fait naître chez moi, plus subrepticement qu'un reptile, la sensation que je n'étais rien ? Car depuis qu'il est apparu, une tristesse étrange m'étreint le cœur et me fait oublier la joie dans laquelle j'étais juste après la représentation. De quoi cet homme est-il fait ?

Tu en fais une tête, me dit Barnabe que je viens de rejoindre à la table de l'auberge. Prends une bière et trinque avec nous, William ! Tu viens de prouver que tu es un acteur. Est-ce que cela ne se fête pas ? Regarde qui nous apporte le meilleur breuvage de la maison… Elle s'appelle Kate. Je lui ai demandé son petit nom pour toi, me glisse-t-il à l'oreille. La jeune femme rougit, pose une chope de bière devant moi et s'en va en baissant les yeux. Je remercie en marmonnant, troublé par son trouble, intimidé par sa fragilité, ne maîtrisant pas les battements de mon cœur. Soudain, l'envie d'être aimé d'elle devient une pensée obsédante et douloureuse.

Les grands Comédiens de la Reine sont tout occupés au chahut. Richard s'est installé au bout de la table.

Il répond à ses interlocuteurs béats avec des flatteries et une expression sournoise. Comment un être si ouvertement malveillant peut-il être cet acteur dont on m'a vanté le génie ? Je suis peut-être le seul avec Barnabe à avoir décelé le vice chez ce personnage. L'homme s'adresse à ses adulateurs avec ce qu'il faut de charme doucereux, fait preuve d'une habileté de diplomate. De ma place, je peux lire sur ses lèvres les termes distincts de la virtuosité la mieux articulée. Je vois le couteau qu'il porte à l'intérieur de son veston, je l'aperçois parfois, le devine, le soupçonne. Il est probable qu'il a pris l'habitude de s'en servir et qu'il n'est pas aussi pacifique que ceux d'entre nous qui ne portent aucune arme.

Le grand Thomas prend Ben dans ses bras et ce couple si convaincant sur scène se met à chanter. Le coq et le chapon ! s'exclame le vieil Henry, déjà rouge d'ivresse, en les rejoignant avec sa voix de baryton.

J'observe la silhouette de Kate, la mèche de cheveux tombant sur sa joue, l'accélération de sa respiration, et je me sens enivré de mots, tellement oppressé par mon besoin de décrire ce qu'elle m'inspire que je pourrais en étouffer. J'aimerais avoir le physique d'Adonis pour séduire cette Aphrodite déguisée en serveuse. Mon physique me déplaît, mes traits ne sont pas virils, mon front est bombé. Comment faire oublier que je ne suis pas né pour séduire les dieux d'Athènes et de Rome ? Les mots, les mots, les mots. Cette fantaisie superficielle pour tant d'hommes privés de rêve par le destin. Qu'est-ce qu'un mot pour le soldat qui va mourir, pour l'homme désespéré d'avoir à venger son père ou pour celui qui souffre d'une rage de dents ? Mais comme l'articulation de notre langue est un soulagement, une bénédiction pour ceux qui s'aiment et veulent offrir une trace de l'emballement de leur cœur à l'élu de ce dernier !

Kate a fini son travail, sort dans la cour. Je la rejoins. Il fait nuit mais la lune éclaire une bonne partie du lieu, recouvrant les murs d'un voile gris clair. À cette heure-ci la température est délicieuse, un vent doux caresse la cime des arbres. La jeune femme lâche sa chevelure en soupirant bruyamment. Quel réconfort pour elle de ne plus être agressée par les désirs alcoolisés de tous ces hommes de théâtre !

– Je n'oublierai jamais cette nuit.

Elle sursaute.

– Vous m'avez surprise !

– Vous n'avez cessé de me surprendre durant des heures.

– Aviez-vous le temps d'être étonné par autre chose que les comédiens délurés qui vous entouraient ?

– Un homme amoureux sait que le temps de peu d'intérêt se froisse comme du papier quand la vision de la beauté s'étend pour toujours dans son esprit.

– Vous êtes un poète !

– Seulement quand je trouve ma muse.

– Je suis en retard. Je rentre me coucher.

– Le soleil n'est plus là pour nous renseigner sur l'heure.

– Au revoir !

La jeune fille soulève le bas de sa robe et trottine vers les ruelles sombres. Avant de passer l'entrée de la cour, elle se retourne vers moi. Comme un cavalier parthe me dardant son dernier trait.

Je rejoins mes camarades qui sont tout à leur allégresse. Mon humeur est différente, je flotte dans une extase féerique. Quoi de plus incontestable que le coup de foudre ? J'inventerais mille et un stratagèmes pour retrouver et séduire Kate si le destin me permettait de rester dans cette ville. Je porterais des vêtements de femme, changerais ma voix et ferais croire à ses parents que je suis une amie avec qui elle pourrait partir se promener. Je sens que j'écrirais un poème, non, des poèmes ! inspirés par sa beauté. Leur lecture ferait naître chez elle un sentiment comparable au mien. Et si les obstacles se multipliaient entre nous, si nous devions nous cacher ou subir un sort qui nous détournerait de notre élan, je trouverais le moyen d'inverser ce sort. Cette rencontre est le début de quelque chose, je sens que mon esprit est en effervescence et que mon imagination ne se privera ni des possibilités infinies qui existent dans notre monde ni de l'immensité des recours que propose la magie ou le rêve. Les rêves sont-ils des mensonges ? Rien n'accueille si bien les mensonges que le théâtre. Quand nous jouons, nous, le public et les acteurs, sommes tous endormis, lovés dans un même songe.

– Je t'ai vu devenir rouge comme une jeune fille fraîchement dépucelée tout à l'heure, dit Richard à mi-voix en se penchant vers moi.

– À cette heure-ci, tout est illusion.

– Tu pourrais trousser cette jeune fille cette nuit et revenir demain matin avant notre départ. Je suis sûr que je peux découvrir son adresse.

– Il est trop tard pour ça, Monsieur.

– Il n'est pas trop tard pour moi. Je m'en vais la rejoindre ! réplique-t-il en mimant la précipitation.

Il s'arrête dans un geste de course, son manteau battant contre sa jambe. Se croit-il sur scène ? Son expression venimeuse parvient à me tourmenter au plus profond de moi-même. Cet homme envieux m'inspire une méfiance insidieuse. La compagnie a besoin de son talent mais je redoute d'avoir encore affaire à lui.

Il éclate de rire.

– Tu devrais voir ta face ! Comment peux-tu ne pas me faire confiance, moi qui pourrais t'apprendre à devenir un grand comédien et qui pourrais être ton protecteur ? Tu m'évoques mon frère Cuthbert[1] qui n'est plus de ce monde.

– Je suis désolé d'apprendre votre perte.

– C'était un garçon tellement prometteur. Simple apprenti comédien, il subjuguait déjà son public. Depuis sa mort, ma vie est envahie de tristesse.

– Considérez-moi comme votre ami, dis-je, heureux de trouver une issue à cette conversation.

Il ne reste que quelques heures pour dormir. Je monte me coucher dans une chambre partagée avec Barnabe, Thomas et Ben. Les escaliers grincent,

1. L'autrice s'est permis une licence poétique concernant ce personnage.

je tâtonne dans l'obscurité et me glisse le plus discrètement possible dans le lit déjà occupé. Le grand corps de Barnabe s'étend sur presque toute la largeur, rappelant les cétacés à l'agonie sur le rivage tels que je les avais imaginés quand un homme de Cardiff de passage à Stratford m'en avait fait le récit. Je dois demeurer sur l'arête du matelas de paille que mes côtes trouvent très inconfortable. Des ronflements ponctuent la nuit avant le chant du rossignol. Ne trouvant le sommeil qu'aux premières lueurs du soleil, je sombre dans des rêves agités. Peu de temps après, je m'éveille avec un bras lourd, recouvert de poils roux, m'enserrant la taille. Barnabe prononce des mots indistincts dans un demi-sommeil, puis ouvre les yeux.

– J'ai dû croire que tu étais ma femme, marmonne-t-il en clignant des yeux. Tu as l'air inquiet, ajoute-t-il en se relevant sur le coude.

– C'est Richard. Il m'a parlé de son frère. Et j'ignore pourquoi cette histoire de mort m'a hanté.

– Son frère tué ?

– Tué ?

– C'est lui qui a assassiné son frère. Cuthbert aurait pu lui faire de l'ombre un jour.

Barnabe me raconte que Cuthbert, le frère aîné de Richard, en plus d'être beau comme un astre, était le favori de son père. Il avait rejoint la troupe des Comédiens de la Reine avant Richard. À l'âge de seize ans, il était un apprenti particulièrement doué pour jouer les rôles de jeunes filles. Sa voix s'installait avec naturel dans les aigus. Sa minceur et sa grâce, son don pour le jeu captivaient tout le monde. Il allait devenir un grand interprète. Tout semblait lui sourire. Richard s'est servi de Cuthbert pour entrer dans la troupe. Au début, personne ne lui accordait d'attention. Il ne donnait pas l'impression d'habiter son corps tant il était trapu, bien plus épais que son grand frère. Mais il apprenait. Cuthbert répétait avec lui. On aurait pu imaginer que leur carrière allait s'épanouir au même moment, qu'ils allaient grandir ensemble dans ce métier, tels Castor et Pollux. Plusieurs anciens de la troupe les avaient pris sous leur aile. Et puis, Richard a compris que Cuthbert séduisait davantage le public. Il a dû penser que tant que son frère était en vie, il serait lui-même perçu comme le second, il n'obtiendrait pas la gloire qu'il désirait plus que tout. Alors, un jour que la troupe était en tournée comme nous le sommes à présent – en pleine épidémie de peste, nous ne pouvions pas jouer à Londres, les théâtres étaient fermés –, on a retrouvé le corps inanimé de Cuthbert sur le bord du fleuve Severn. Nous nous étions arrêtés à Worcester pour plusieurs jours de représentations. Un homme a frappé à la porte de notre auberge à l'aube. C'était un drapier qui était allé chercher de l'eau pour ses tissus. Il s'apprêtait à la puiser quand il a aperçu un corps à moitié immergé que le courant poussait doucement en clapotant vers le rivage. Le corps qu'il a sorti de la Severn l'a terrifié. Il a d'abord cru qu'il s'agissait d'une femme. Le comédien portait une robe pour le rôle du jour précédent. Il a cru qu'une jeune fille s'était suicidée. Il parlait vite, ne contrôlait pas sa panique, ses yeux s'étaient remplis de larmes. Cet apprenti drapier n'avait pas plus de dix-huit ans, presque l'âge de Cuthbert qui allait sur ses vingt ans mais qui était si frêle qu'il jouait encore des rôles de femmes. Il a raconté la scène, la jeune personne inerte, les bras étendus dans l'onde, sa robe épanouie comme une corolle, son visage blanchâtre.

En hissant la noyée sur le bord, il a découvert que la jeune fille était un jeune homme. Il en a rapidement déduit que le mort était un comédien, d'autant qu'il avait entendu parler d'une pièce de théâtre qui se jouait la veille dans la ville. Il s'est renseigné sur le lieu où résidaient les artistes et a accouru. Plusieurs gars de l'auberge se sont précipités sur les lieux et ont soulevé Cuthbert qui pesait son poids de talent. On l'a déposé sur une grande table. Nous étions si bouleversés que, dans un premier temps, nous avons vraiment pensé à un suicide. Et puis quelqu'un, Thomas je crois, a vu des marques bleuâtres autour du cou. Des traces de strangulation. Le suicidé devenait un assassiné.

On pouvait penser que Cuthbert avait fait une mauvaise rencontre, mais un témoin du meurtre est venu nous parler. Il avait assisté à la scène de loin, aurait eu du mal à décrire le visage de l'assassin. Les vêtements et la taille pouvaient être ceux de Richard. Nous nous sommes regardés avec frayeur.

Quand les gens d'armes sont venus, personne n'a pipé mot. Le témoin était un vitrier itinérant, il était déjà sur les routes. Et à quoi bon nous priver d'un deuxième acteur ? En ces temps d'épidémie, nous avions besoin de rester soudés. Les gardiens de la paix ont bien sûr constaté les marques de strangulation mais comme Cuthbert n'était qu'un pauvre hère, et de la race des artistes douteux (ne parlons pas de sa robe), ils ont rapidement conclu que son décès était une sombre histoire d'échange sexuel monnayé ayant mal tourné. Il a été enterré dans une fosse commune et j'ai versé toutes les larmes de mon corps. Nous avons tous fondu en sanglots. Richard a réapparu après les obsèques, si on peut appeler ainsi ces funérailles. Il n'affichait ni remords ni désir de vengeance, il mimait la tristesse. À cette époque, il n'était qu'un comédien médiocre et je n'étais pas le seul à croire que son chagrin était feint. Comment un jeune homme de dix-neuf ans pouvait-il avoir tué son frère avec ses seules mains ? J'observais ses mains à la dérobée, je les trouvais énormes et inquiétantes. Je revoyais le cou délicat de Cuthbert, des frissons me parcouraient l'échine. Quand nous avons repris la route, il s'est joint à nous, le plus naturellement du monde.

Nous ne l'aimions pas. Néanmoins, nous ne pouvions nous passer de lui avant de trouver un nouveau comédien. Et puis, un miracle s'est produit. Richard a infiniment progressé. Nous ne comptions pas sur ses progrès fulgurants. La métamorphose a été stupéfiante et je n'y aurais pas cru si je n'y avais pas assisté au plus près. Son jeu s'est enrichi jusqu'à devenir sensationnel six mois après la mort de Cuthbert. Nous étions éblouis. À mon sens, il avait aspiré le talent de son frère et l'avait fait fructifier, sublimé. Nous avions devant nous l'avenir du drame élisabéthain. Il se révéla dans la première pièce de John Lyly, une romance historique située dans l'Antiquité grecque. Il parvenait à atteindre une émotion que personne ne lui connaissait. Et les succès se sont enchaînés. Un jour, il a disparu. Nous étions revenus à Londres. Plus de nouvelles. La Gueuse l'avait happée par ses charmes. Comme tu le constates, il est de retour parmi nous.

Le récit de Barnabe éveille chez moi une curiosité folle mêlée de crainte pour Richard. Un être aussi querelleur et dangereux peut-il atteindre le génie ?

Je l'observe en catimini, émerveillé devant le charme dont il use pour être aimable avec nos hôtes et les grands personnages de la ville. Un conseiller municipal est venu voir la pièce, Richard lui a tenu une longue conversation qui ressemblait à une cour. L'édile ne le quittait pas des yeux, il n'était que fascination pour le comédien vedette. Et pourtant, il n'est vraiment pas beau, me dis-je. Mais quoi de plus courant chez les acteurs de grand talent que de parvenir à transcender leur physique ? Certains peuvent même jouer des jeunes héros amoureux, alors qu'ils sont petits et vilains. Je ne serais pas étonné que cet assassin sache vous faire oublier son expression amère par un tour de passe-passe des plus prodigieux.

J'ai vu jouer Richard. Quand il apparaît, drapé de l'importance de son rôle, l'auditoire, sans même le connaître, retient son souffle. Ceux qui étaient en train de manger en regardant distraitement la pièce se sont soudainement interrompus de mastiquer. Ce n'est pas seulement sa voix, c'est son corps. Cet homme râblé n'a pas grand-chose de plaisant, mais sa simple présence fait naître une magie théâtrale. Il est l'énergie incarnée, la séduction faite acteur. Le silence s'installe. Le public est happé, presque amoureux. Il s'amuse avec les spectateurs, s'approche, fait mine de leur parler à l'oreille, et puis virevolte comme un gamin ou une créature ailée sortie d'un monde fantastique. Il m'impressionne. Il m'apprend.

Les bons acteurs vous font redevenir des enfants. Les émotions qu'ils font naître sont extrêmes, violentes, et il n'y a qu'à cet âge qu'on éprouve la vie avec cette intensité. Beaucoup sont d'ailleurs assez puérils et j'aime cette anomalie, je la cherche, je la chéris. Richard sidère, car il est un élément brut. Il parle à chaque spectateur, réveillant chez lui un désir obscur de puissance, de vie éternelle.

Après l'avoir vu sur scène, une jeune femme, une fille du peuple toute simple, une lavandière de constitution fragile avec des airs perdus (si jeune !), a voulu le rejoindre le soir même dans sa chambre. Richard l'a observée avec des yeux pétillants et, dans un geste de maître et possesseur, l'a recouverte de sa cape en la prenant par les épaules. Quand ils sont passés devant moi, Richard m'a glissé à l'oreille dans un gloussement : Elle veut que je garde mon costume de scène pour se livrer à moi comme une chienne.

Une part de moi l'a jalousé. Je ne suis pas surpris de ce pouvoir des acteurs sur les femmes. Des histoires se racontent. Si la moitié seulement d'entre elles sont vraies, elles sont rocambolesques et fabuleuses. Combien d'hommes aimeraient être à notre place ? Perçus comme des vagabonds, incapables d'éviter la prison sans avoir un protecteur puissant, méprisés par la société, notre existence n'en est pas moins aussi étonnante que les pièces que nous jouons.

Une part de moi a détesté cet homme, cet assassin, cet esprit tortueux qui peut anéantir son prochain pour asseoir son pouvoir. Il ne connaît aucune retenue. Enivré par son obsession de lui-même, par son orgueil démesuré, il prend, brise et abandonne. Cette jeune femme, cette fille, il la possédera et s'en débarrassera avec insouciance, continuant de soigner sa maladie vénérienne avec du tabac.

Une part de moi, pourtant, l'admire. Je ne me lasse pas de l'observer et dois parfois me forcer à regarder ailleurs de peur d'être découvert, de peur qu'une part féminine de moi lui soit révélée. Mes efforts paraissent vains quand je surprends le regard de Richard qui se pose sur moi. Je pourrais accepter beaucoup de choses de lui quand bien même je le déteste. C'est peut-être le génie de son jeu qui me cause une telle faiblesse. S'il n'était qu'un homme et non un comédien – un créateur de rêves –, le dégoût qu'il m'inspire prendrait toute la place dans mon cœur.

Notre époque est violente. Les artistes se battent, les dramaturges aussi – les bruits courent. Les conflits avec les puissances étrangères, les épidémies, les complots contre la reine qui affaiblissent le pays auraient-ils comme conséquence ce goût pour le sang ? Moi qui aime jouer les criminels, je ne me sens pas capable de tuer un homme. Je ne pourrais pas retirer le seul bien que tout être possède : sa vie. Entrer dans une ville et y voir des têtes embrochées au bout de longues piques éveillent chez moi un sentiment de désolation. Rien n'évoque autant la solitude humaine que ces corps démembrés qui deviennent un festin pour les corbeaux affamés. Comme la pitié m'envahit devant ce sinistre spectacle !

À l'âge de vingt-trois ans, je pense être un homme fait. Rien ne m'assure que je vivrai encore longtemps. Le temps presse. J'ai hâte de connaître Londres et ses théâtres des *liberties*. J'ai hâte de découvrir les vraies scènes. Mes camarades ne cessent de m'en parler. Ils sont toujours hilares quand ils me racontent des anecdotes sur les faubourgs où sont réunis maisons closes, prisons, lieux des drames et des comédies. On me parle de livres sur des étals, de leur grand nombre. Mon imagination s'emballe.

Le théâtre doit rendre le jeu solennel. Il est le monde entier réuni en un espace clos. Il procure chez l'acteur des frémissements d'excitation. Le comédien y est en surplomb comme un capitaine sur son bateau, sa voix parvient aux spectateurs au bout de la salle. Tout y est faux, les costumes ne sont pas des vêtements, les décors sont des imitations, les situations sont inventées comme les personnages qui n'ont jamais existé et pourtant rien n'est plus vrai et les mots des artistes parlent au cœur des hommes. J'aime que l'illusion soit notre dernière révélation.

Tout le monde dort, des ronflements me parviennent aux oreilles, la nuit m'appartient. Le monde s'est évanoui, seule ma feuille est éclairée dans le halo de la bougie. Ces ténèbres me permettent de me déplacer dans le temps et l'espace. Cette nuit était la même sous Tite-Live, elle est la même en ce moment à Vérone ou Copenhague. Mon monde ne se réduit ni à un pays ni à une époque. Je peux plonger dans des profondeurs qui me sont *a priori* étrangères.

Depuis l'adolescence, l'Antiquité latine m'est familière, parce que l'écolier frigorifié passait son temps lors des longues nuits d'hiver à réciter les poèmes de Catulle, Virgile ou d'Ovide. Ces poètes me rappellent les membres d'une famille que j'aurais fréquentés dans mon âge tendre et qui auraient disparu soudainement. Le froid les convoque, la nuit aussi. J'écris des vers inspirés des mythes antiques. Je connais ces histoires sur le bout des doigts. Je voudrais que ma langue exprimât autre chose, qu'elle s'enroulât autour de ces histoires connues pour devenir elle-même. Au son de la plume grattant le papier, je compose une musique de plus en plus personnelle. Adonis apparaît et me tend une main humide. Le désir sexuel me prend. Il fait nuit, je suis seul. Je pense à quelqu'un. À cette femme qui a assisté à notre pièce et qui est venue me parler. Elle porte le prénom de mon épouse, Anne, Anne comme Vénus. Je n'ai ainsi pas l'impression de tromper ma femme. Nous nous sommes embrassés longuement, c'était long, puis bref, à nouveau long. Le désir de ce baiser. Le souffle d'Anne la moiteur de sa main le temps qui se brise la gloutonnerie de sa bouche tu peux descendre plus bas dit-elle. J'écris sur notre rencontre encore poussé par mon désir que je sens renaître sous la dictée. L'Antiquité est un prétexte pour raconter les heures passées avec cette créature.

Je déchire les feuillets au matin. J'y reviendrai.

Ce texte de Shakespeare, d'une moiteur obsessionnelle, ode à l'amour physique, sera son premier texte publié quelques années plus tard, il le dédicacera à son protecteur, le comte de Southampton, Henry Wriothesley. Dans sa vingtaine, William est lascif.

Nous repartons. Affaires et tréteaux remballés. Après plusieurs heures de voyage, nous nous arrêtons dans une nouvelle ville. Nous évitons tant que possible les lieux de l'épidémie. Les grandes villes sont dévorées par la peste. L'air y est saturé de miasmes. Leicester en pourrit, nous avons respiré des odeurs fétides qui inquiètent. Nous tentons de contourner les poches d'infection. Nous pourrions nous arrêter dans des villages, mais nous avons besoin d'un public. Une troupe comme la nôtre ne peut pas jouer devant trois curieux qui préféreraient voir un combat de chiens ou de coqs. Nous serions plus nombreux que notre auditoire.

Tu verras, dit Richard, quand tu arriveras au *Theatre*, ça changera ta vie. Ça te paraîtra immense et solennel. Une scène surélevée, deux piliers qui soutiennent un auvent et la protègent, et puis il y a une sorte d'alcôve pour jouer les scènes d'adultère et, juste au-dessus, un balcon qui peut faire office de rempart ou de ce que tu veux. Tu t'entendras bien avec James. James ? James Burbage. Il est à la tête de sa compagnie et c'est lui qui dirige *The Theatre*.

Richard sait tout. Pour moi encore si naïf, il est ce que je cherche à atteindre : le comédien arrivé à son zénith, connaissant Londres, actif sur la scène d'un grand théâtre, cité et reconnu par ses pairs.

Durant le trajet, je parle de mon admiration pour Richard à Barnabe. Méfie-toi de lui. C'est une créature maléfique. Tu me dis ça mais je le trouve drôle parfois et son jeu est stupéfiant. Il te séduit, c'est qu'il se servira de toi. À Londres, il a laissé une réputation exécrable. Là-bas, on l'appelle le fumeur, parce qu'il passe le temps qu'il ne joue pas à fumer du tabac. Il a contracté cette habitude à l'arrivée de la peste, a évité d'être infecté grâce à ça, et puis il y a trouvé du plaisir. Il a les moyens de se payer ce produit de luxe. Ce sobriquet de fumeur fait aussi référence à sa légende noire. Il a tué, et pas qu'une fois, les gens partent en fumée après l'avoir croisé. On est sûr qu'il s'est débarrassé de son frère ; il se dit aussi qu'un acteur nommé James Flander a été tué lors d'un duel avec lui. Il y a une autre rumeur qui le poursuit, il est soupçonné d'hérésie. Moi-même, je l'ai entendu dire des horreurs sur Marie, le Christ et saint Jean, c'était une nuit dans une taverne. Il avait beaucoup bu, mais nous ne sommes pas tous aussi vindicatifs contre la religion quand nous sommes trop avinés. Marie était devenue une catin, il crachait sur le Christ et demandait des comptes à saint Jean en grimaçant de haine. Personne dans la troupe ne le rapportera – il a évité de peu des problèmes, grâce à des protecteurs influents. Il sait pourtant que s'il recommence, il aura du mal à échapper à une condamnation. L'Angleterre est patiente mais peut s'agacer des provocations, en particulier celles des papistes. Quand j'étais enfant, le complot de Ridolfi visant à assassiner Elizabeth pour la remplacer par une reine catholique avait été démasqué et le messager du comploteur avait été soumis à la question.

L'espace d'un instant, je pense au supplice du chevalet. Mon père avait assisté au supplice et il nous avait raconté les détails à mon frère Gilbert et moi. J'avais une dizaine d'années. Il nous parlait du bruit des membres qu'on écartèle et qui cèdent, des cris insupportables et de l'odeur nauséabonde du pauvre hère soumis à la torture, qui déféquait et pissait sous lui. John avait sué et pâli en regardant, lui si solide était revenu chamboulé. Quelques jours plus tard, je m'étais juré de ne jamais prononcer un seul mot ambigu ayant un rapport avec la religion officielle. Parce que l'homme torturé en plus d'être un ennemi politique était catholique. Si mon père avait insisté pour nous raconter ce qu'il avait vu, ce n'était pas gratuit. Il nous prévenait, mon frère et moi. Il savait que nous pourrions un jour faire une bêtise. Révéler un secret sur notre famille, par exemple. Notre foi.

Un prêtre franciscain a tenu un grand rôle dans ma vie. Il fut comme un second père. Un homme doux qui m'a enseigné la pharmacopée des plantes. Le frère Francis expliquait que tout est affaire de proportion. Une poignée de telle herbe pouvait guérir, deux poignées de cette même plante consommées par un être humain lui emportaient la vie. « Ce qui sauve peut te tuer si tu en abuses. »

Ma foi est clandestine. Anne seule le sait. Notre union a reçu le sacrement catholique. Silence. Aucune messe ne mérite le sang versé. Les conflits religieux appartiennent à un autre règne. L'équilibre du pays a été mis en danger par des querelles spirituelles systématiquement associées à des branches du pouvoir. La force de notre souveraine est de maintenir un ordre raisonnable. Elizabeth me fascine. Née d'un homme obscène et sanglant, elle allie le calme et la force, la féminité et l'autorité. Elle porte cette dynastie à sa gloire. Elle est un homme sous de nombreuses facettes et une vierge parée d'une splendeur inégalée. Première de son sexe, elle ajoute de la prestance à la monarchie et ouvre la voie à de grands personnages de théâtre. Je pressens ce qui va advenir. Des femmes imposantes vont bientôt se lever sur les scènes anglaises. Elles incarneront de grands esprits, des forces flamboyantes. Elles seront le conseil des souverains, ou des suzeraines elles-mêmes. Elles tiendront tête aux plus habiles tacticiens et aux plus fins parleurs. Elles s'imposeront par l'audace et l'intelligence, alors même que le monde veut les marier et n'attend que leur silence comme si la plus grande vertu féminine était le mutisme. Elles seront des personnalités courageuses qui se travestiront pour exister – puisque leur sexe les limite, elles prendront les atours de leurs frères. Elles seront meilleures ou pires que les hommes. Plus humaines et plus douces, prêtes à se sacrifier pour autrui, mais aussi plus dures et plus froidement tueuses. Le public les attendra avec convoitise, sûr de frémir, séduit par leurs talents.

Naturellement, elles me passionnent et certaines fibres en moi nous rapprochent intimement. Depuis toujours, la reine me subjugue. Je l'imagine, je rêve d'elle après avoir observé son portrait sur les pièces de monnaie. Si mon art parvenait un jour à ses oreilles, je déploierais des miracles pour retenir son attention.

L'aspect réfractaire de Richard me le rend étonnamment sympathique, et étrangement familier.

– Tout est plus beau à Londres. Les femmes, surtout, dit Richard. Et l'amoureux des vers peut trouver des livres sans difficulté. Pas comme dans ces campagnes que nous traversons. J'ai vu, l'autre soir, que tu écrivais.

– Je compose un poème.

– C'est le plus grand des arts. Le seul qui te rendra riche et célèbre si tu as du talent. De quoi parle-t-il ?

– De l'amour physique entre un jeune homme et une déesse. Le jeune homme meurt prématurément.

– Je connais des hommes de la plus haute noblesse qui se délecteraient de te lire et de soutenir ton art. Surtout si tu sais éveiller le désir pour un homme ou une femme.

– Je balbutie mes vers. Je ne suis pas encore satisfait.

– Raconte ce qui t'attire dans cette histoire.

– Le désir. Qu'un homme jeune et innocent se sente désiré par une femme plus âgée. Qu'elle l'entreprenne et parvienne à le posséder. Puis il s'échappe des bras de la divinité pour mourir à la chasse.

– Si tu sais tourner tes phrases pour plaire aux esprits les plus raffinés d'Angleterre, un mécène saura te récompenser. Tu ne pourras pas exister sans la protection d'un puissant.

– Je ne connais personne.

– Je connais les plus grands amoureux des arts, ceux qui savent protéger les jeunes pousses prometteuses.

– Je te donnerai mon poème à lire.

2

Le voyage vers Leeds est exténuant. Les routes sont boueuses, caillouteuses, ponctuées de nids-de-poule. La roue d'un chariot s'est brisée et nous n'avons pas pu la réparer correctement. Nous avons dû charger le matériel sur un autre véhicule et le cheval doit maintenant porter trois personnes sur son dos. Je crois qu'il ne résistera pas bien longtemps. L'autre tension est liée aux brigands qui peuvent sortir d'un fourré en un éclair et nous menacer de mort si nous refusons de céder nos bourses. Un excellent duelliste comme Henry – un aristocrate de naissance qui maîtrise le maniement des armes comme personne, une connaissance bien pratique pour le théâtre – nous a déjà sauvés d'une situation critique. Mais rien ne dit qu'il ne sera pas embroché à la prochaine attaque. Nous avons faim. La nuit dernière, nous nous sommes arrêtés dans un village et nous avons demandé à acheter du pain et du fromage. Les gens étaient trop pauvres. Nous avons dormi sur nos estomacs creux.

Plusieurs d'entre nous ont découvert qu'on leur avait dérobé leurs économies dans la nuit. Ils ont hurlé des jurons. L'homme qui nous a accueillis dans son étable avait l'air très attristé. La dernière diligence qui avait fait halte chez lui était repartie avec un cheval de moins. Nous devrions nous réjouir. En sortant, nous avons vu trois hommes pendus à des gibets à l'entrée du village, l'œil mi-clos, la tête désarticulée, le visage crispé par une expression grotesque. Nous n'avions rien remarqué en arrivant à la nuit tombée. Quand le vent s'est levé, les corps ont commencé à valser très légèrement, on aurait cru les entendre ricaner. Des coupeurs de bourses et des voleurs de bétail, dit une femme en crachant par terre. Une émotion m'étreint. Toute cette vie partie en quelques minutes d'étranglement. Je ne peux m'empêcher de me voir pendu, de sentir que ces malheureux sont un peu moi. Il ne faudrait pas grand-chose pour être envoyé dans l'autre monde. Ne serait-ce pas souhaitable ? N'est-ce pas tentant de rejoindre l'autre rive ? Le hasard de mon existence ne pourrait-il pas me jouer des tours et m'envoyer *ad patres,* alors que j'abritais en moi de grandes espérances ? Ces hommes accrochés à l'instrument de leur mort n'avaient-ils pas été habités d'attentes magnifiques et de joie de vivre tout autant que je le suis ? Quelle nature profonde nous différencie-t-elle ? Seules quelques minutes d'agonie, un éclair.

Les appels des comédiens me sortent de ma rêverie. C'est l'heure de partir, viens, ne regarde pas ça. Il y aura un public pour nous à Leeds, m'assure Barnabe en me prenant par les épaules. C'est une ville qui grandit de jour en jour. Des hommes ont fait fortune dans la laine. Ils ont de l'argent et avec l'argent vient le goût pour les divertissements comme le théâtre. D'après ce qu'on nous a dit, la peste n'est pas parvenue là-bas. C'est une chance à saisir pour nous refaire une santé, dit-il en agitant sa bourse.

Quand nous arrivons, ce sont les crève-la-faim qui nous accueillent. Adossés aux murs des maisons ou allongés dans la boue, une main tendue à notre approche, suppliant.

Nous nous dirigeons vers l'auberge du centre. On veut bien nous apporter de la bouillie d'avoine et de la bière. C'est dans la cour que nous jouerons ce soir.

*

Je vois le jeune William Shakespeare s'exécuter devant les habitants de cette ville du Nord. Je ne peux m'empêcher d'imaginer que des sensations extrêmes lui viennent alors. Au fond de lui, le monde est en expansion. Son sentiment de vivre se dilate. L'interprétation d'une pièce qui pourrait être *Dido, Queen of Carthage*, une pièce écrite par Marlowe et Thomas Nashe, ou bien une tragédie de Thomas Norton, une de ces œuvres marquantes à l'époque mais dont il ne reste plus grand-chose pour nous, a dû éveiller en lui une myriade d'impressions. Il a su qu'il vivait pour cet art. Il s'y est livré corps et âme. Il s'est vu comédien et l'intensité de cet éveil au théâtre a été décisive dans sa destinée. Sa famille ne lui manquait pas, bien qu'il ne comptât abandonner personne.

Soudain, la voie s'ouvrait. Son visage le brûlait avant de jouer, son cœur battait fort. Et son entrée dans le jeu devait être un moment grandiose.

Il a compris qu'il ne reviendrait pas à Stratford avant une longue, très longue période. En tout cas, pas avant d'avoir réussi à devenir un artiste de la plus haute importance à Londres.

La capitale le hante. Il ira, un jour, pas encore. Pour l'instant, la peste terrasse la ville. Mais il s'y rendra en temps et en heure. Il ne sera pas le même homme et pas le même comédien quand il arrivera sur les scènes des théâtres des *liberties*. Il aura rodé sa technique. Peut-être la vraie vie commencera-t-elle là. Il perçoit le scintillement des possibles. Leeds est une répétition. Une de plus.

Ses camarades lui insufflent leur expérience. Richard devient un modèle pour lui. Richard, ce monstre. Sa noirceur, sa profondeur, son mystère lui permettent de déployer des miracles de complexité dans son jeu. Le jeune Shakespeare n'est pour l'instant qu'un lettré, et encore il n'a pas connu l'université, mais il a un don pour la rhétorique, c'est un poète en devenir. Il n'est pas encore un acteur non plus, il en est la chrysalide. En revanche, il sait reconnaître l'excellence du talent de Richard. Ce Richard, poignard dissimulé dans son vêtement. Richard prompt à se battre, et néanmoins calculateur, capable d'attendre longtemps avant d'agir, froid et cruel. Cet homme faussement bon pour lui, William l'aime. Il aime la peur que ce dernier éveille en lui, il aime la surprise qu'il lui inspire. Tout est inattendu chez cet homme et

William redevient en sa présence l'enfant spectateur, béat de la scène.

Un jour il le voit gifler un apprenti comédien de seize ans, sans raison apparente, sans comprendre. Il y a cet adolescent frêle et la stature imposante de l'adulte, puis il y a un coup qui part et écrase le visage androgyne du novice. La violence du geste le sidère, l'épouvante, mais il reste sans réaction. Il est déjà sous emprise. C'est la force du mal. Parvenir à vous séduire pour vous bâillonner. Quand l'homme mauvais vous a ensorcelé, il ne dissimule plus ses vices, et quand bien même ceux-ci prennent de l'ampleur, vous vous sentez pieds et poings liés. Les personnages diaboliques vont le hanter. Il craint le pouvoir de cet homme prêt à tout pour accéder à ses fins, mais il l'observe avec passion. Jusqu'où peut aller une âme perverse ? Peut-il l'imaginer en usurpateur absolu, en autocrate sanguinaire ? Will apprend même s'il ne vit pas sans crainte. C'est cette puissance au service de la destruction qu'il montrera dans ses œuvres. L'obsession pour l'emprise, la haine de tout ce qui barre le chemin du pouvoir absolu – l'idée fixe. Il sait que cette force sombre a été prodigieusement incarnée dans l'histoire de l'Angleterre, bien avant sa naissance. À une époque, deux Roses se firent la guerre et, la paix revenue, il en découla rancœur et vengeances sanglantes. C'est parfois la même énergie qui est capable d'accomplir des prodiges sur scène et de renverser une dynastie – le monde étant un théâtre. L'histoire a été façonnée par quelques monstres.

Mais, à l'heure qu'il est, tout cela n'est pas articulé dans le cerveau du Stratfordien.

*

Vous êtes face à un homme qui viole toutes les règles écrites et non écrites. Vous êtes jeune, débutant ou faible, et donc mutique. Vous êtes dépendant de cette personne qui est un adulte quand vous n'êtes qu'un débutant, un apprenti ou un enfant.

Mon oncle, frère de mon père, saisit une poubelle remplie de nos détritus et la jette par-dessus bord. Nous traversons la Méditerranée pour aller en Corse sur un voilier loué. Il a pris le sac devant tout le monde et nous a pris à témoin. La pourriture de notre humanité polluante s'est enfoncée doucement dans le bleu translucide sous mes yeux. Je n'ai pas pu dire un mot, j'avais dix ans. Mais cette image m'a hantée, comme une scène d'agression. Une tristesse morbide m'envahissait chaque fois que j'y repensais.

Mon oncle et mon père s'aiment trop – Richard, duc de Gloucester, chérit avec insistance le duc de Buckingham, embrassades et déclarations d'amour. Les frères ne peuvent pas ne pas partir ensemble en vacances. Ils ne peuvent pas passer un week-end loin l'un de l'autre. Il leur est impossible de ne pas s'appeler chaque jour. Mon oncle appelle toujours précisément à l'heure du repas. Il possède la force des colériques. Il humilie son fils à table devant nous. La table s'esclaffe. Mon oncle traite mon cousin de parasite. On se gondole. Un jour, il me traite aussi de parasite

– comme nous sommes partis en vacances en Espagne, je suis devenue *parasitas*, c'est couleur locale, c'est donc désopilant. Je repense à Kafka et son *alter ego* Gregor Samsa devenu en une nuit un « monstrueux insecte », sans doute justement parce qu'il était traité comme le plus insignifiant des animaux par son père. Un parasite, chez les miens, c'est un marmot. Pourquoi les marmots coûtent-ils si cher ? Pourquoi font-ils des études au lieu de débarrasser le plancher à dix-huit ans et de s'épuiser à l'usine ?

(Mon oncle et son frère, des années plus tard, tomberont de haut quand ils découvriront que je publie mon premier roman. L'un d'eux aimant la voile dira : « moi aussi je pourrais faire publier mes carnets de bord ». L'autre affirmera que c'est mon ego qui s'exprime dans mes livres. On ne transgresse pas l'idéologie familiale aussi facilement.)

Mon oncle prend en photo les gens nus qui se rhabillent sur la plage, gros plan sur les sexes. Il est drôle. Il est absolument irrésistible. Bruit et fureur. Dans notre clan, on l'aime comme ça, humiliant chacun. Ça rit fort dans ma famille. Je ne suis pas en reste, je ris même des blagues à mon endroit.

Comique et capable de tout, il va harceler son propre père en se faisant passer au téléphone pour un acheteur de sa maison qui n'est pas à vendre. Et ça nous fera nous gondoler. Nous sommes ses spectateurs, son public hilare. On applaudit.

Surtout, il va détruire son fils devant nous. Et dans notre dos.

Mon oncle exerce son pouvoir sur moi. Par hasard – par hasard, c'est vite dit –, il ressemble au diable, à son image d'Épinal. Bouc au menton et sourcils en accents circonflexes. J'imagine Richard boire et parler fort comme lui, chaleureux, amical, magnétique. Et agissant en sourdine quand l'acte est criminel.

Richard III tue ses neveux qui lui barrent le chemin vers le trône. La pièce qui portera son nom *The Life and Death of Richard the Third* sera l'une des premières œuvres écrites par Shakespeare. Tant d'horreur a habité son jeune cerveau.

J'ai vu mon oncle écraser la dignité de son fils, le frapper de ses mots, sans pitié. Quand on a dix ans, le mal n'est pas dicible. Il est une lumière sombre qui attire l'attention, sidère, fascine. De cet oncle, je connais surtout les excès. Excès d'alcool, excès de cigarettes (trois paquets par jour), excès de paroles. Excès de soi.

Je suis à l'arrière de sa voiture. Il démarre à un feu rouge et heurte une femme qui traversait avec son cabas. La femme tombe. Bruit sourd contre le capot. Le cœur me monte d'un coup dans la gorge. Ma tante assise à la place du mort sort et se précipite pour relever la dame qui cherche frénétiquement ses lunettes. Ses lunettes ! Où sont ses lunettes ? Son royaume pour ses lunettes. Non, elle ne veut pas qu'on l'emmène à l'hôpital, elle ne se croit pas blessée. En état de choc, elle continue son chemin et nous n'aurons jamais de ses nouvelles. C'était en Corse – vacances. Je n'ai rien pu dire, j'étais traumatisée, muette, terrassée. Plus tard, j'ai pensé que c'était arrivé non par accident mais parce que c'était lui.

*

Richard a-t-il inspiré de tels sentiments au jeune Will ? Était-il effrayé et fasciné ? L'analyse qu'il donnera de la conquête du pouvoir dans ses pièces est aussi précise que je l'imagine. Il a environ vingt-sept ans quand il écrit *Richard III*, et l'on y devine une connaissance profonde des rouages du pouvoir et de la manipulation mentale. Comment est-ce possible ?

Shakespeare a observé comment un ambitieux profite de la haine qu'éprouvent les gens autour de lui, comment il fraie son chemin dans cette atmosphère de suspicion. Il pourrait avoir vu cet homme diviser les comédiens de la troupe pour mieux les manipuler.

– Tu ignores qu'Ernest veut jouer ton rôle, souffle-t-il au vieux Henry qui commence à souffrir de douleurs osseuses à l'âge canonique de quarante-cinq ans.

– Vipère, tu inventerais n'importe quoi pour semer la zizanie !

– Écoute-moi, Ben l'a surpris en train de te plaindre pour tes pertes de mémoire et ta pauvre prestation à l'épée dans la scène du duel ces derniers jours.

Diviser, régner.

Une troupe de théâtre est une famille. Les liens s'y renforcent avec le temps. Chacun occupe une place, devient un rouage de la machine admirable que forment les Comédiens de la Reine, *The Queen's Men.*

William Shakespeare embrasse cette nouvelle famille et devient témoin de plusieurs scènes primitives. Il savait pour le meurtre du frère de Richard, il est témoin d'un nouveau crime.

Celui qui fait de l'ombre à Richard est Henry. L'aristocrate devenu acteur est un peu l'âme de la troupe. Si Richard coupe la tête des Comédiens de la Reine, il faudra à celle-ci un nouveau chef : lui-même.

Alors que Henry avait souhaité ardemment la venue de Richard, conscient que la perte d'un acteur de premier plan comme William Knell allait fragiliser la troupe, le quadragénaire devient l'homme à abattre pour le nouvel arrivant, le plus grand ambitieux que Shakespeare ait rencontré en vingt-trois années de vie. Il assiste à la danse du serpent autour du patriarche.

– Je baise ta main, cher Henry, fait Richard en se penchant obséquieusement. Tu ne trouveras jamais plus grand admirateur de ton talent que moi. Faisons la paix !

– Si tu fais le serment de tout donner pour la troupe, je serai bien assez heureux.

– Comment peux-tu douter que je veuille le meilleur pour la plus grande compagnie du pays ?

– Embrassons-nous.

Je les vois s'étreindre alors qu'hier encore ils se déclaraient la guerre. J'assiste au plus grand rôle de Richard, celui qu'il joue au naturel, lui-même. Henry et Richard se rapprochent. Je suis le premier à croire que ces hommes que je vénère peuvent s'entendre.

La troupe, assemblée autour de la table de l'auberge que nous occupons depuis trois jours, doit discuter de la prochaine pièce à jouer. Dehors, des gens se sont réunis pour voir un combat de coqs. Ça crie, ça invective. L'aubergiste, en sueur, en service depuis des heures, ses filles de quinze et seize ans, tendres bourgeons aux airs égarés, courent jusqu'aux spectateurs enragés, les bras chargés de gallons de bière. Je souris à l'une d'elles, dont une mèche de cheveux s'est collée sur la joue et qui manque de tomber en courant.

Il est question d'une pièce de Preston intitulée *Cambyses, King of Persia.*

– Non, nous ne jouerons pas ce texte clownesque, déclare Towne, ce sont des vers grossiers, *The Queen's Men* valent mieux que ça.

– Le public raffiné dans cette cour te donnera tort, lui répond Barnabe en faisant un signe de la main vers la foule hurlante.

– *The Conquest of Brute,* le drame d'un auteur que j'ai rencontré récemment à Londres, un nommé John Day, voilà ce qu'il nous faut, s'emporte Richard. Je l'ai croisé avant de vous rejoindre. Il m'en a raconté l'intrigue et mon sixième sens, mon instinct du théâtre a fait le reste. C'est certainement l'un des meilleurs dramaturges du moment. Un mot de moi et il nous vend la pièce. Je crois qu'il écrit avec un autre, mais rien n'est impossible.

– Ce ne serait pas un protégé de Philip Henslowe ? demande Ernest en croquant un oignon.

– Un de ses voyous de talent, oui, s'emporte Richard en frappant violemment sa main sur la table.

Donnez-moi à boire ! Il est temps de retourner à Londres.

– Je ne suis pas d'accord. Nous avons tout intérêt à continuer la tournée qui nous rapporte de l'argent, alors que la Gueuse est toujours menacée par la Grande Pestilence.

– Vos imaginations d'artistes craintifs vous rendent fous, votre talent n'illumine-t-il que vos cauchemars ? enrage Richard. Londres est épargnée par la peste pour le moment et le théâtre est en pleine effervescence ! Jamais on n'a vu autant de brillants auteurs et de pièces excitant le public ! Les théâtres poussent comme des champignons dans les *liberties*. Imaginez la surprise qu'aura notre nouvelle recrue. William, ta vie t'attend là-bas !

Il me jette un regard brûlant, sa fossette se creuse en même temps qu'il sourit. Je vois dans ses yeux un éclair qui m'inquiète.

– Personnellement, je ne me déplace dans certains bouges qu'avec un mouchoir imbibé de vinaigre, dit Ernest en grimaçant.

– Tu donneras à Henry de ton meilleur tabac pour lui épargner une mort pestilentielle, persifle Barnabe à l'adresse de Richard.

– Dieu sait que Henry m'est plus cher que ma propre mère. Mais il a plus de chances de mourir dans un duel après une soirée arrosée que des miasmes de la Grande Pestilence. Il ne l'ignore pas, ce crocodile.

Devant moi, Thomas et Ben, passablement éméchés, s'embrassent à pleine bouche. Barnabe fait un geste obscène et se met à chanter. Sa beauté me frappe. À cet instant, une douleur me serre le cœur. Je reconnais la flèche de Cupidon. Qui me surprend, m'étonne, me tourmente.

Ce soir, je bois plus que de coutume. L'humeur de mes camarades n'a jamais été aussi joyeuse. Ernest entonne à son tour une chanson licencieuse, tout le monde l'imite, je me sens si léger et si fort avec ces hommes. Nous sommes une famille de garnements heureux, une troupe de vagabonds tolérés par la société, de divins chanceux vivant pour le théâtre. Quel miracle de connaître cette vie quand tant de pauvres hères que nous croisons sur les chemins mendient leur nourriture et traînent leurs moignons sales dans la boue ou la poussière, quand les fils sont forcés de reprendre le travail de leur père à quatorze ans, quand chacun doit rester à sa place, celui qu'il doit être dans sa ville de ses premiers vagissements à la mort. Soudain, une main se pose sur ma jambe et une joie folle gonfle ma poitrine.

> « *Never did passenger in summer's heat*
> *More thirst for drink than she for this good turn.*
> *Her help she sees, but help she cannot get ;*
> *She bathes in water, yet her fire must burn.*
> *"O, pity," gan she cry, "flint-hearted boy !*
> *'Tis but a kiss I beg. Why art thou coy*[1] *?* »

---

1. « Jamais voyageur dans la chaleur de l'été n'eut aussi soif d'eau fraîche qu'elle, Vénus, de cette action charitable. Elle voit mais ne peut atteindre, ce qui pourrait l'apaiser. Elle est dans l'eau, et pourtant son feu doit brûler toujours. "Ô, par pitié, s'écrit-elle, enfant au cœur de silex ! Ce n'est qu'un baiser que je te demande, pourquoi es-tu si prude ?" » (Traduction Yves Bonnefoy, « Vénus et Adonis », Paris, Gallimard, « Poésie / Gallimard », 2007.)

Le poème s'écrit tout seul dans le charivari de mon émotion. L'amour, sous forme de poésie, s'adresse au dieu de mon emballement.

Anne est loin. Je lui écris. J'aimerais que mon amour lui parvienne. Et les enfants me manquent beaucoup, il me faut les imaginer dans l'émerveillement de leur croissance. Je conserve mon courrier jusqu'au moment où je trouverai quelqu'un qui se déplacera à cheval dans la direction de Stratford. Quelques pièces en échange de l'espoir qu'il délivre mes lettres.

Je n'oublierai jamais celle qui m'attend là-bas. Je sais que la vie ne lui est pas tendre et qu'Anne accepte ce qu'aucune autre épouse n'aurait toléré. Non, répondis-je un jour à Ernest, je n'ai dressé aucune mégère. Et si je ris de cette expression avec mon groupe d'hommes hilares, une part de moi sait que tout ceci n'est que blague.

*

Thierry, mon cousin, nous présente son premier amour : Robert. Mon oncle, ma tante, mes parents sont là. Ils ont vingt-trois ans tous les deux. J'en ai treize. Si Robert est lumineux, Thierry est un être hybride : de ses parents, il tient son sarcasme, son esprit méchant mais, à cet instant de sa vie, il penche vers la lumière. L'amour pourrait le sauver. J'assiste à ce moment crucial dans son existence. Son père est là qui a déjà commis l'irréparable.

Pour mon cousin, à cette époque, tout était possible. Le plus important : fuir le clan. Mais une part de lui, je le découvrirai plus tard, était attelée à son géniteur et bourreau.

En attendant, cette parenthèse est d'une pureté incroyable. Les deux garçons se sont rencontrés au lycée, à Vitry-sur-Seine. Cela fait des années qu'ils se fréquentent. Les parents n'ont pas mal pris la transgression sexuelle – c'est la moindre des choses dans un milieu d'extrême gauche. Thierry disparaît. Il va réapparaître des années plus tard, l'œil mauvais, le verbe plus féroce que jamais. Le couple n'a pas duré. Il retourne s'installer chez ses parents.

Que s'est-il passé ? Pourquoi mon cousin a-t-il choisi les ténèbres ?

Il donnera sa version des faits vingt ans plus tard, avant de se donner la mort.

Il parlera de son père prédateur saisissant son corps d'enfant, un soir ou peut-être une nuit, abusant de cette chair trop faible pour résister, imposant sa domination absolue dans l'ombre du secret. Sa mère était en voyage d'affaires. Le garçon est devenu un jouet.

3

Pourquoi un homme bascule-t-il ? Quand Richard III choisit-il l'obscur ? Sous quelle influence ?

Richard est né dans une rose. Précisément, lors d'une guerre des Roses. Ses premiers souvenirs sont des scènes de coups, des éclats de sang s'écoulant sur des vêtements de taffetas, des épées fouettant l'air, décapitant des gentlemen au sang le plus bleu du royaume. Puis l'exil honteux des York dans les Flandres, il n'avait pas dix ans. On l'obligeait à quitter son pays, on le chassait de chez lui. De chez lui. Cette pensée ne le quittera plus, engendrera un ressentiment tenace. La rancœur envahissant chaque jour un peu plus son cœur, Richard hait. Il hait avec passion, comme d'autres aiment. Il apprendra bientôt à haïr froidement, avec le sourire. Le temps est son grand maître. Ce sont deux familles qui se déchirent, une rose blanche, une rose rouge. Quand il n'en restera qu'une en position de régner, la rose blanche, ce seront ses membres qui se dévoreront pour la couronne. Ou plutôt ce sera l'épine la plus secrète, la plus dangereuse, qui aura le dernier mot. Richard espère. La mort de son père l'a comme soulagé, celle de son frère aîné l'a laissé indifférent. Il est le benjamin, il n'a aucun droit à la couronne à la prochaine victoire des York, mais il trouvera un moyen de la porter. Il n'a que neuf ans quand son frère Edward est couronné. Il grandit dans un manoir du Yorkshire. Le château de Middleham, immense labyrinthe qu'aucune catapulte ne pourra détruire n'est que désolation. Il tourne dans cette immensité minérale. Une anomalie dans sa colonne vertébrale le tordant à la fois vers l'avant et du côté gauche, il traîne la patte et sa mélancolie. Son corps le déteste, il déteste son corps. Il exècre le regard des adultes sur lui qui le plaignent et le méprisent.

Ruminant une forme d'ennui, il se dissimule derrière des rideaux épais et écoute les conversations qui ne lui sont pas destinées. Ses jeunes années lui semblent interminables. Il lui a fallu plusieurs siècles pour atteindre ses seize ans. Quelques moments resteront de bons souvenirs malgré tout. Sa rencontre avec son futur bras droit, son allié indéfectible, adorateur de sa personne – *chiennement* attaché à lui, dira un jour un de ses ennemis –, le baron Francis Lovell. Le gentilhomme l'aime et se confie à lui. Les deux jeunes gens tirent l'épée, s'entraînent à toutes sortes de combats et, déjà, complotent.

Richard est duc de Gloucester, chevalier de l'ordre le plus prestigieux, celui de la Jarretière et chevalier de Bath. Un florilège de titres. Son frère paie pour que son éducation soit la plus noble. Des lettres et de l'épée au programme. Il grimace de reconnaissance.

William voit parfaitement Richard III, il sent sa méchanceté. Son ingratitude. Sa décision de choisir le mal. Quand il pense à Richard, il l'appelle G, comme Gloucester.

Richard parle bien. Il développe son don naturel pour la flatterie. Se fait rapidement aimer. Son tuteur et cousin Neville l'apprécie tant qu'il souhaite qu'il épouse une de ses filles. L'ambition de placer sa descendance dans le giron de la famille royale lui fait faire de beaux rêves.

Mal fichu, penchant son malheur d'un côté, Richard aime néanmoins jouer de l'épée. Une colère sourde l'envahit sur les champs de bataille. Ce puits noir en lui a besoin de jaillir, déchaîne son bras. Il gagne des batailles auprès de son frère, le roi Edward IV. Mince, méchant, le duc de Gloucester est vif dans les duels, marque les esprits comme un vrai sanglier qui ne s'avoue jamais vaincu. Il fonce, fend des armures, perce des organismes palpitants, arrache des hurlements à des adversaires devenus pires ennemis pour lui, le cerveau englouti dans une haine centenaire. Le sang éclabousse, atterrit sur son visage en une étoile gluante.

William admire le courage des suidés sauvages qui ne fuient pas mais font face à leur adversaire. Ça n'empêchera pas Richard d'être sournois comme une hyène. De retour de la guerre, Richard le bossu se sent écrasé par la couronne sur la tête de son frère. Cette couronne qui brille l'éblouit. Par quels stratagèmes pourra-t-il devenir le roi ? Son aîné ne met-il pas trop de temps à mourir ? Il est encerclé par des usurpateurs. Qui d'autre que lui pour diriger ce pays ?

Construction d'une prise de pouvoir. Le sanglier convoite une nymphe du nom d'Anne. Anne Neville, fille du comte de Warwick qui l'a accueilli durant des années dans son château, son presque père. Pour Shakespeare, ce mariage est un calcul politique du pire cynisme. Cette femme sera un outil. Il en jouira et s'en débarrassera. Comment donner à voir la méchanceté masculine à l'œuvre sur une femme jeune et faible ? La vilenie s'exerçant sur l'innocence. Shakespeare songe à l'acteur Richard, repense à ses délectations érotiques. Si la fille pouvait être en pleurs, le comédien manifestait une joie mauvaise proche de l'ivresse la plus spectaculaire. Si seulement le public pouvait assister à ces scènes, il serait terrorisé et fasciné.

William repense au roi resté célèbre et entrevoit chez ce personnage disparu un siècle avant lui l'incarnation du mal absolu. Richard devient une créature diabolique, aussi laide d'âme qu'elle est difforme de corps. Alors que tant d'individus malveillants se considèrent comme de nobles esprits, Richard, duc de Gloucester, affirme que tout son être jubile d'être moins qu'un humain. Le sanglier deviendra un chien et sera perçu comme tel. Un chien enragé qu'il faudra bien abattre.

L'idée a germé. Richard féconde le cerveau shakespearien. Le Stratfordien se souvient de ses années de collège – longues, froides, éreintantes –, où l'on dispensait des cours d'histoire du royaume d'Angleterre. On y chantait les louanges des dynasties, les élèves découvraient avec effroi les guerres de succession, imaginaient des glaives brandis entre des familles de la plus haute aristocratie – dans sa tête une pluie de pétales de roses – et l'ombre enveloppant certains rois à la réputation de cruauté. À l'heure où le pays est dirigé par une Tudor, et que les roses sont fanées, il ne sera pas inquiété s'il écrit sur le chien des York.

Est-ce le prénom de Richard qui a fait éclore cette envie d'écriture sur Richard III ? Un autre prénom aurait-il abouti à la même révélation ? Un mot contient-il la sève de ce qu'il désigne ? William pencherait naturellement pour cet avis et pourtant les vocables sont-ils assez puissants pour exprimer le réel ? Il en doute. Le mot *slaughter* donne-t-il à voir la réalité d'un abattage ? *Slaughter,* laid dans sa prononciation, est-il chargé des cris et du sang, de l'odeur de la peur, des sanglots ? Ou seulement d'une petite partie dépendante de notre imagination ? N'est-ce pas pour cela que l'on ne peut se passer des comédiens qui disent les mots certes, mais rendent palpables ces mots énoncés en jouant de leur corps ? Le corps de l'acteur, cet instrument miraculeux au service de l'intention du texte. Cette chair mise à disposition du spectacle. Ces êtres aussi utiles que méprisés à l'image des prostituées, William les aime pour la noblesse de leur rôle et le dénigrement qu'ils suscitent.

Le Richard comédien éveille en lui la peur. Au moment où William pose la tête sur l'oreiller, il entend l'ancien roi ruminer à son oreille. Ses paroles sont des énigmes dans lesquelles des années de rancœur se sont coagulées. Voici le duc de Gloucester assombri par la victoire de son clan. Ce soleil qui brille sur sa famille l'aveugle douloureusement. Il ressasse. William entend le comédien Richard vomir son mépris contre ceux qu'il perçoit comme des rivaux. Il pense à l'autre Richard, au frère cadet du roi

Edward IV, au chien tordu et claudiquant. À son acrimonie, à son sentiment d'injustice. Cette souffrance qu'il doit dissimuler.

Il se fait charmant, flatte, tirant un rideau pudique sur son complot le plus élaboré. Il attend son heure, reste calme sous les insultes. Il méprise trop pour se sentir sali par les invectives.

Sa famille est devenue son ennemie. À leurs yeux, il n'a plus rien d'humain. Il n'est pas même un animal. Consciemment ou non, l'auteur va prendre des libertés avec l'histoire d'Angleterre, au nom de son art. Le public s'indignera quand il verra que le bossu sera prêt à occire ses neveux, têtes blondes aussi béatement adorables que des séraphins. La foi de Shakespeare l'invite à aimer les saints et les anges, comme la Vierge. Il situe la pire monstruosité de Gloucester dans le martyre des chérubins – leurs joues rondes, leur âme immaculée. Le crime devenant alors inarticulable. Il entend déjà les réactions des spectateurs, les cris d'horreur et d'indignation, les apostrophes aux acteurs. Il sait que la plupart des gens qui assistent à une représentation n'ont pas conscience d'entrer dans l'imaginaire d'un auteur, ils voient ce qui est. Ce qui est *vrai*. Voilà ce qu'aime Will dans ce métier : jouer comme s'il créait le réel, au point de faire disparaître la notion d'illusion. C'est la vie même qu'il va mettre en scène. L'existence humaine dans sa fureur, ses excès, ses passions morbides. La mort rôdera partout dans cette partition diabolique.

Shakespeare jubile. Il est en train de se créer son propre Richard III, sa vision du mal qui réussit.

Chaque matin, il s'assied tôt à la table de l'auberge et sa plume parcourt le papier éclairé d'une unique bougie. La noirceur sera splendide, la poésie la rendra radieuse et terrifiante, elle fascinera le badaud comme le serpent sidère sa proie. Le cerveau de Will est traversé de visions. Il voit le sanglier sortir sa hure d'une brume hivernale, l'animal ne supportant pas le soleil resplendissant sur la couronne de son aîné, il maudit la victoire de son propre camp. Shakespeare l'entend et écrit les fantasmes de celui à qui le bonheur répugne. Pour capturer l'attention du public, il fait parler sa créature devant la foule spectatrice de son ressentiment. Il veut que Richard terrasse par le portrait qu'il dresse de lui-même. Il amplifie sa laideur, sa répulsion pour la vie. C'est un homme seul qui se plaint de son sort, un aigri d'envergure. Même les chiens le détestent. Si des êtres aussi bas, des créatures hurlantes et baveuses, se mettent à le mépriser, Richard ne vaut pas un étron, et cette humiliation, cette cruauté du destin méritent sa haine la plus tenace. William se délecte de ce qui jaillit avec une facilité inconnue sous sa plume. Oui la haine, la vengeance, la rancœur et le calcul puiseront une force magnétique dans le vocabulaire le plus choisi. Son texte est un duel chargé d'oxymores, une confession à cœur ouvert d'où jaillit le sang noir du plus patient des bilieux.

Il a Richard en lui. Il le connaît comme un frère. Il plonge sa plume dans un organe furieux et ce qui éclabousse sur le papier est le manifeste d'une vilenie remarquable, le dessein de la graine d'un tyran, et le programme de sa pièce.

Jusqu'à présent, Will avait parlé d'amour et ses vers avaient ravi les oreilles délicates. Mais le temps a passé, il n'est plus cette fleur gracieuse qu'une ode faisait s'épanouir comme un éclat de soleil. Ce qu'il sait aujourd'hui des hommes lui ouvre les portes des Enfers ; il attend désormais du frisson, de l'effroi. Il veut que le texte se dise, se susurre, se hurle et que le spectateur enfouisse son visage dans un bain de cruauté. Il connaît l'âme humaine, la curiosité particulière du public. Rien ne retient autant l'attention de ses contemporains aux vies exténuantes, que le récit des puissants, surtout si ceux-ci sont des monstres.

Au théâtre, ce sont la peur et le rire qui emportent l'adhésion. Pour le rire, William voit très bien à quels comédiens il aimerait confier un rôle comique – d'abord à Barnabe. Mais, pour l'instant, la peur sera sa source d'inspiration. De jeunes auteurs sont en train de faire trembler les scènes, c'est le signe que l'époque a déjà changé. La concurrence est une aubaine pour le Stratfordien. Rien de tel pour éperonner son talent. Un jeune prodige vient d'écrire une pièce sur un vandale boiteux plus sanguinaire qu'un Moloch, et Will ne se tient plus. On en parle, un vent nouveau se lève, la langue n'a jamais été aussi secouée, outragée. Les actions sont d'une violence saisissante et les répliques vous font l'effet de soufflets au visage, rapporte un voyageur qui prétend avoir lu des passages du texte avant même sa représentation. C'est le moment, pense Skakespeare qui entend parler de Marlowe, bien avant de découvrir son *Tamburlaine the Great*.

Et surtout et surtout.

Ce jeune dramaturge réussit un tour de force en verset vierge. Il libère le langage en se débarrassant de la rime. Pentamètre iambique oui, la musique de la langue anglaise se révèle avec ce rythme alterné de syllabes courtes et brèves. La langue devient rapide, naturelle, et c'est exactement ce dont le théâtre a besoin. Au rebut, ces vieilles habitudes issues de la poésie latine, William veut du galop anglais. Une phrase qui parle au public.

Ainsi, le jeune Marlowe exhibe les détails les plus sanglants, les plus insoupçonnables de la soif du pouvoir. C'est une violation du bon goût, de la tradition chrétienne et de tout son fatras d'allégories. Il est temps d'abandonner des personnages aussi inexistants que le démonstratif M. Vice que personne n'a jamais croisé. Marlowe est en train de montrer que l'horreur est humaine, bien humaine, incarnée en un personnage vivant et ayant existé. Et ça éperonne le jeune Will qui aspire à donner vie à plus mortel que les dieux grecs.

Il est en train de finir d'écrire un poème narratif, *Venus and Adonis.*

Dans quelque temps, ce texte sera publié et se vendra bien, très bien même.

Des pages de désir seront dédiées à Henry Wriothesley, comte de Southampton, jeune homme efféminé et peu farouche. Licencieux, très licencieux avec les hommes. C'est Richard qui met Will en relation avec l'aristocrate. Tu as besoin d'un protecteur pour ta poésie, et je connais la personne bien née qui aimera ton art, une personne du plus grand raffinement. C'est un coup de foudre littéraire, sensuel et amoureux. Will ne cherche pas à différencier les combustions.

Wriothesley : aux anges.

Cet homme à la longue chevelure et aux traits délicats est présenté à la reine en personne, l'année de ses dix-sept ans. Henry Wriothesley s'incline avec émotion devant cette géante lourdement fardée de blanc qui a l'âge d'être sa grand-mère. Ses genoux tremblent. Sa beauté, l'écarlate de ses lèvres frappent la souveraine. Son esprit piquant, son goût pour les lettres font de lui un homme accompli dont Elizabeth en personne apprécie la compagnie. Essex, le favori de Sa Majesté, le trouve tout simplement rare et irrésistible. Henry devient un familier de la royale présence. Cet être unique, lecteur passionné, généreux de sa fortune va s'extasier et prendre le jeune Shakespeare poète sous son aile. Cette élection, cette protection, Will la désire. Il ne pourra pas exister sans elle. Son affection pour le comte de Southampton est sans limites, elle tient de la reconnaissance, de l'admiration, du désir aussi.

Pour la première fois, il vivra de son art. Et tout ça impressionnera les hommes de la compagnie. William, le poète de la troupe. Bientôt l'aristocratie, représentée par le délicat comte, se récriera sur sa plume, les hommes de goût l'applaudiront, son livre sera un succès, qui sait ce que l'avenir lui réserve. Son ami d'enfance (leurs quatre cents coups à la tannerie de son père à Stratford) à qui il va envoyer le texte, Richard Field, sera son premier éditeur. Il y aura un mot de lui se réjouissant de son succès et une injonction : une autre œuvre, mon ami, je t'en prie ! William lui a envoyé *The Rape of Lucrece*, un long poème narratif qui va puiser dans l'eau profonde de ses cauchemars. Le viol, le meurtre, la révolte. De tout ça, il reparlera.

Troisième acte

1

1589

Londres

Ça crie, ça empeste. De la campagne, nous arrivons d'un coup dans cette Babylone tant vantée, tant honnie. Au loin c'est un grondement, des fumées noirâtres ondulent vers le ciel, une clameur éclate. Et puis, le mouvement, tous ces gens courant en tous sens, les hurlements des maraîchers aux vêtements poisseux, les bousculades.

Ah, je sens la bonne odeur de merde de cette putain de Londres, dit Richard en s'esclaffant. Jouer dans cette puanteur, c'est l'assurance d'être au centre du monde. Tu vas t'y faire, Will. Et je dirais même que tu aimeras !

Il se met soudain à pleuvoir à verse. Nous progressons dans une boue infecte, je marche involontairement sur un rat mort gonflé de vermine. Mon cœur s'emballe devant les étals d'un imprimeur.

Enfin, des livres. Cela fait des siècles que je n'en ai pas vu. Londres me plaît déjà, quelle densité, quelles vies !

Regarde en l'air ! me crie Barnabe. Grâce à lui, j'évite de peu le contenu d'un pot de chambre qui se répand sur le sol. Ici, tu n'es jamais en sécurité, reprend-il en me prenant par les épaules.

Une demi-heure plus tard, nous traversons le pont de Londres. Le tumulte ne fait qu'empirer dans cette enfilade de magasins. On y vend de tout, des tissus, de la viande de mouton recouverte de mouches verdâtres, des noix, de la vaisselle. Impossible d'avancer sans être écrasé, bousculé. Faire attention aux coupe-bourses. Si je lève la tête, je vois des gens penchés à leur fenêtre et quand je parviens à éviter les ordures qui sont jetées de là-haut et salissent nos chapeaux, je me cogne alors contre des badauds. On étouffe.

À l'extrémité du pont, je distingue mal une certaine mise en scène. Pourquoi des corbeaux se posent-ils en nombre sur ces boules hissées sur des pics ? La vision se précise à mesure que j'approche, et mon sang se glace : les cheveux collés, les lèvres noirâtres, les yeux mi-clos sont ceux des criminels châtiés.

C'est un soulagement de s'éloigner. Je dois régler quelques affaires ici, dit Richard en entrant dans une maison vétuste. Attendez-moi.

Il ne revient qu'au bout d'une heure. Nous devons endurer les cris des déments qu'on a enfermés dans une cour plus loin. Des sorcières, grince Barnabe après un hurlement effrayant.

Je repense à une femme qui vivait dans les environs de Stratford et qui avait le don de lire l'avenir. Certains habitants se rendaient chez elle discrètement avec de l'argent pour connaître leur destin ou soigner leurs fièvres et leurs maladies. Un jour, le bailli l'a fait arrêter. Puis il y eut un jugement auquel mon père a pris part. J'ai su, plus tard, que la femme avait été noyée. Je l'ai imaginée, la bouche pleine d'eau, et cette vision me hantait la nuit. Je voyais ses cheveux défaits flotter dans le clapotis des flots, le vertige de l'immensité liquide l'avalant.

Sortant du bordel plus riche qu'il n'y était entré, Richard arbore une mine réjouie. Nous savons qu'il connaît des personnes importantes. J'ai fait ce que j'avais à faire, allons voir Burbage, lance-t-il en reboutonnant son manteau.

Même si la reine ne cache pas son goût pour le drame et les pièces qu'elle souhaite morales, les arènes destinées au public suscitent méfiance et hostilité. On ne les tolère pas dans la ville. Hors les murs, dans les territoires du vice. Notre engeance est reléguée dans les faubourgs comme les malfrats, les prostituées, les fous dont les hurlements traversent les murs des asiles. La bonne nouvelle, c'est que de nouveaux théâtres vont être construits.

Nous nous rendons dans le quartier de Shoreditch. Je vais découvrir un véritable théâtre et cela me transporte, m'enivre. Le premier lieu d'Angleterre entièrement consacré aux spectacles. L'œuvre d'un comédien de grand talent dont on me parle depuis des lustres. Au moment où je m'exalte, la boue entre dans mes chausses, une odeur nauséabonde m'envahit les narines. Nous passons devant un groupe de jeunes hommes formant un cercle autour de deux gallinacés armés d'ergots de métal. Les paris montent, les hurlements, les plumes volent.

Tu étais minot quand on l'a construit, me dit Richard au moment où nous arrivons devant cette énorme construction polygonale. La Compagnie du comte de Leicester a joué les premiers temps ici. Tu aurais dû voir l'émotion du public qui entrait dans ce temple consacré certes aux plaisirs, mais à des plaisirs élevés, non à ceux des combats de coqs ou d'ours. Il y avait toute la solennité des rituels et plus d'attente que pour la messe. Les badauds étaient ébaubis, les plus riches payaient pour s'installer aux balcons. Ça, Burbage avait compris son époque ! Il avait joué dans toutes sortes d'endroits, dans des cours où grognaient les cochons, sur des places de village où des pendus valsaient au gré du vent. Mais l'art méritait un lieu consacré, une chapelle à sa taille. Si les Grecs avaient inventé ce miracle, pourquoi pas les Anglais ? D'un coup d'un seul, c'est *The Curtain*, *The Rose* de l'autre côté du fleuve qui ont poussé comme des champignons et ce n'est que le début d'une grande histoire du drame et de la comédie. Attends-toi à trouver un chez-toi, un lieu qui te ressemble et tu n'auras pas l'obligation d'être un bon mari, fait-il en malaxant son intimité moulée dans une braguette à ficelle.

Devant l'entrée du *Theatre*, Richard se met à crier « Burbage ! », un homme passe la tête par une fenêtre.

Calebasse chenue, de grands yeux bleus. Un sourire édenté. Mon fils, tu es revenu ! s'exclame le vieillard d'une voix rauque. Tu n'imaginais pas que j'allais disparaître si facilement, répond Richard sur un ton sec.

*

L'homme qui fascine Shakespeare depuis des mois n'est autre que le fils de James Burbage, le comédien fondateur du *Theatre*. Richard Burbage est un acteur reconnu avant que William n'écrive ses premières pièces. Un jour, il sera son acteur fétiche, il jouera ses plus grands rôles. Dont Richard III.

J'ignore si ce comédien a eu une telle influence sur lui, mais j'aime l'imaginer. Ici, il s'agit de nouer les faits historiques à la fiction, et de prendre des libertés critiquables pour quiconque rechigne aux élucubrations. Nous savons qu'il était un acteur hors pair, loué par tous, et que William a écrit ses plus grands rôles pour lui.

Un portrait nous donne une idée de son apparence. Le front large, l'œil profond absorbé par une pensée sombre, la lèvre mince et le cheveu bouclé. On le dit petit et trapu. Enfant, il grandit dans le premier théâtre anglais et nourrit son esprit de l'art des dramaturges. Il apprend à construire des décors, à jouer les rôles de femmes, etc. Rapidement, il sait tout faire. Il sera acteur toute sa vie, dénigrant la reposante retraite à la campagne qui sera un jour le choix de William. Et le public l'adulera jusqu'au bout.

Je l'ai imaginé fou de jalousie de son frère – licence poétique. L'époque ne nous dit pas grand-chose sur lui, la romancière se glisse dans les blancs et invente ce qu'elle veut. Sa relation à son père a probablement été plus complexe que ce que nous en savons. Son lien avec William Shakespeare a été extraordinaire. Mais comment ?

Il devait être sanguin, capable de se livrer à de belles bagarres, fort d'un tempérament emporté, excessif, car c'est ce qui plaisait à l'époque. Et c'est ce qui a séduit Will.

Londres la bouillonnante attire les esprits heureux de confronter leurs idées, qui se mesurent, rivalisent, s'aiment et se détestent. L'art n'est pas la propriété des esprits éthérés en cette fin de XVIe siècle, ce sont des brutes sensibles qui ont des choses à dire qu'on voit apparaître, Marlowe en tête. Richard est l'un d'entre eux, et, parmi ses pairs, le meilleur. Il est doué d'une mémoire stupéfiante, d'une voix belle et forte, d'un charisme à éblouir les âmes les plus vertueuses – il n'aura qu'à se baisser pour cueillir les plus tendres. Son apparition dans la vie de Shakespeare donne envie au Stratfordien d'écrire des rôles pour lui. Il l'inspire. Richard lui donne à voir le diabolisme humain le plus captivant, il lit dans le comédien surdoué comme dans un livre désormais, et il l'identifie à des personnages grandioses qui ont fait ployer l'histoire de l'Angleterre ou ont été sacrifiés par plus puissants qu'eux.

Shakespeare n'est toujours pas un auteur de théâtre. Mais il est fou de Richard. Cet amour tient de l'admiration, de la sidération, de l'identification. Effet de l'inquiétante étrangeté ? Rien ne féconde comme cette ambiguïté.

Dans les premiers temps, William s'est senti adopté par les Comédiens de la Reine. Lui qui terminait son adolescence avait besoin d'être entouré d'hommes qu'il admirait. De l'admiration est né le désir. Cet élan qu'il n'avait que vaguement suspecté près de ses camarades de classe et que son mariage avec Anne avait dissipé en apparence renaît avec une vigueur inattendue. Il désire des hommes. Et il comprend que ce vice est accepté et pratiqué par les artistes qui sont déjà si dénigrés par la société – des puritains qui attendent leur heure au bon peuple le plus borné – et qu'il serait vain de vouloir se priver des délices de l'amour sous prétexte que la cible de son désir n'est pas une femme. Un soir, dans la frénésie joyeuse qui suit les représentations, William a senti la main de Barnabe sur sa cuisse. Son sang n'a fait qu'un tour et ce qu'il feignait d'ignorer est apparu dans toute sa crudité. Il a embrassé son ami, glissant son âme dans la sienne, il est entré dans un songe étrange. C'était une nuit d'été, et dans la chaleur de ce moment hors du temps, une joie insensée tambourinait dans la poitrine de William. Il flottait dans un monde peuplé de créatures stupéfiantes, une envie de rire le secouait. Le monde était une promesse de bonheur.

Rien n'était plus évident que de jouir de ce corps et de le faire jouir. Deux hommes vigoureux se connaissent et maîtrisent les gestes du plaisir bien mieux qu'une épouse ignorante de la morphologie masculine. William a découvert cette fraternité érotique dans un élan inconscient, mais l'acte en lui-même lui ouvre de nouveaux horizons. Lui qui avait été intimidé par le corps et le désir de son épouse, tout autant qu'il en avait été bouleversé et curieux, se sent libre de toute attache avec cet homme si proche de lui.

L'acte sexuel le foudroie, intense comme le passage d'une faux rompant son corps en deux. Si William aime les femmes, et avant tout la sienne avec une sincérité poignante, sa relation avec certains hommes aiguise son imaginaire. La dissimulation de leurs actions criminelles aux yeux de la loi ne fait-elle pas écho aux travestissements de jeunes acteurs jouant les rôles de femmes et de jeunes filles ? La masculinité n'est pas le contraire de la féminité, pense William. Au royaume du théâtre, l'habit fait le moine et le voile dont les amants recouvrent leurs ébats appartient à l'art dramatique lui-même. William trouve l'ambiguïté séduisante, c'est un miroir plus pertinent. Il aime se travestir, alors même qu'il n'a plus l'âge d'endosser les rôles féminins maintenant que sa voix est fermement mâle et que son corps suffisamment découplé ne donne plus l'illusion de la féminité. Quel lieu au monde permet-il d'être une brute qui se bat et un poète fou de visions qui peut aimer les hommes et les femmes ? Le théâtre. Seulement le théâtre. À la fin du XVIe siècle, celui de Londres est le centre de l'univers.

Soudain, William peut devenir l'homme qu'il est intimement. Un homme fasciné par le travestissement des *boy actors* et de l'infini de ces possibilités dramatiques. « Celui qui n'aime ni le tabac ni les garçons est un con », déclare Barnabe, répétant à l'envi cette phrase qui a fait le tour de Londres et qu'on attribue à Marlowe. Shakespeare ne déteste ni l'un ni l'autre et rêve de rencontrer ce jeune dramaturge à la réputation sulfureuse.

– Écris pour nous, demande Barnabe. Tes vers sont splendides, tu es comédien, tu as tout pour être un dramaturge.

– Mais écrire sur quoi ?

– Sur ce que tu connais.

– Je ne connais rien. Je n'ai presque rien vécu avant d'être parmi vous. Je n'étais qu'un élève appliqué et souffrant du froid en classe.

– Il doit t'en rester quelque chose.

– Je connais bien l'histoire de l'Angleterre. C'est la seule chose que je maîtrise.

– Écris sur les rois ! Le public adore les pièces qui donnent à voir les œuvres des puissants. Regarde le succès de Marlowe avec son tyrannique *Tamburlaine* ! Lance-toi ! Quel roi connais-tu le mieux ?

– Le roi deux fois couronné, Henry VI. C'est une longue histoire sur fond de guerre de Cent Ans, la guerre des Deux-Roses…

– J'espère qu'il y aura du sang.

– Il y en aura. Surtout quand je parlerai de Richard.

– Richard ?

– Richard III.

– Du travail en perspective !

– Je suis un explorateur qui entrevoit un nouveau continent, et je n'ai pas encore mis un pied sur le rivage, mais je sens combien la conquête sera ardue et le risque élevé de rencontrer sur mon chemin des créatures terrifiantes.

– Tu trembles. Embrasse-moi.

2

À l'âge de douze ans, n'importe quelle boulangère qui me voit entrer dans son magasin m'appelle « jeune homme ». Personne ne perçoit la jeune adolescente en moi, toujours le garçon timide.

Le jour de ma rentrée au CM2, l'instituteur sursaute quand je réponds présente à mon nom. À mon prénom, précisément.

Mon androgynie va durer environ trois ans. Elle va m'attirer des sarcasmes, fera de moi un objet de persécution de la part de garçons de mon âge, en colonie de vacances, provoquera l'attirance d'une adolescente. Nous sommes à la fin des années 1980. Aujourd'hui, il est possible de vivre cette ambiguïté du genre avec fierté et joie. Que ça ait été conscient ou inconscient, ça a fait de moi une cible. Elle était lourde à porter.

Ce que je découvre entre dix-huit et vingt ans, c'est que Shakespeare s'empare de l'ambivalence sexuelle par le biais du travestissement pour ajouter de la complexité et du jeu, du plaisir et de la légèreté, à ce qui, dans la vie réelle, serait sévèrement condamné : l'usurpation de genre. Hors du théâtre, endosser les vêtements de l'autre sexe, se présenter comme un homme quand on est une femme et *vice versa* vous condamnerait à mort. Au théâtre, le travestissement participe de la norme. Shakespeare trouve follement drôle de déguiser une jeune fille en sémillant pâtre capable de séduire un jeune homme. Il fait des bonds de joie à l'idée de troubler son monde. Je l'imagine exulter quand il met en scène des couples de garçons (ils ont entre seize et dix-sept ans) habillés en jeunes filles qui, pour les besoins de l'intrigue, se travestissent en garçons… Être un garçon, être une fille, tout ça n'est qu'une blague, regardez comme on peut passer de l'un à l'autre devant le regard curieux du public. Pourquoi vous enfermez-vous dans vos certitudes de mâle ou de femelle ? demande William. Comme la vie réelle est sérieuse et étriquée quand le théâtre la libère ! Un homme tombe amoureux d'un garçon déguisé en femme, une femme déguisée en homme emportera le cœur d'une dame. L'homo-érotisme imprègne son œuvre avec une sorte de gaieté, de soulagement heureux.

C'est bien ce qui me séduit chez lui, cette liberté délicatement arrachée aux conventions les plus sévères.

Dès que cela lui est possible, Shakespeare exprime l'attirance homosexuelle. Qu'il flatte un homme de pouvoir efféminé, qu'il se languisse d'amour pour un mystérieux destinataire de ses poèmes, qu'il mette en scène la séduction de deux femmes dans une pièce, il révèle beaucoup de lui. Marié mais/et bisexuel.

Des siècles plus tard, Woolf dira de lui qu'il est un cerveau androgyne, à la fois homme et femme. C'est dire son génie, selon la romancière du XXe siècle. William aime les femmes et leur donnera une liberté qu'elles n'ont jamais eue avant lui. Elles seront puissantes, entreprenantes, révélant leurs désirs d'accéder au pouvoir, parfois par la tyrannie, comme les hommes.

L'acte sexuel avec un autre homme a très certainement eu lieu avec un comédien. Plus facile, plus courant, et puis on ne prête « qu'aux riches » – ces comédiens sont des *sodomites* vilipendés, y compris par les moins puritains. Cette découverte a été une révélation pour lui, peut-être a-t-il précédé, illuminé son désir. Tout porte à croire qu'il a été significatif pour le jeune William.

Raison de plus pour disparaître de Stratford. Raison de plus de ne plus avoir affaire avec son passé, son père, etc.

William a fui.

*

Au milieu des années 1990, en France, dans les familles dites de gauche, l'homosexualité n'est pas censée être un problème. L'année 1968 a façonné les esprits, les courants de libération ont émergé. La gauche défend les minorités, même sexuelles.

Vaste blague.

Je dis à ma mère que j'aime, comme on se confesse, ce qu'il en est pour moi. J'ai presque dix-sept ans.

Réaction : gêne, honte, mépris. « Qu'est-ce que tu en sais ? »

Je n'ai pas l'à-propos de lui répondre : « Et toi ? » Je tombe des nues. Ma mère infirmière dont le frère est homo, si bienveillante. « Il va de soi que ce que tu viens de me dire restera entre nous. » Bien entendu.

Mon père n'en saura donc rien.

Il découvrira le pot aux roses de lui-même en entrant, un soir, dans une chambre qui n'est pas la sienne sans frapper à la porte. Il refermera immédiatement. Ira se plaindre de mes mœurs à ma mère. Je n'étais pas seule. « Tu ne feras pas ça ici », me dira-t-elle.

Mes parents militants communistes. Moi qui jusqu'à mes quinze ans ai cru que le communisme était la solution pour le bonheur de l'humanité – j'étais une pasionaria dès l'école primaire où je tentais en vain de convaincre mes camarades d'embrasser mon idéologie. J'ai porté haut leur rêve d'égalité et de générosité, toute convaincue que j'étais dans la tendreté de mon âge. Je vis leur rejet comme une trahison.

L'envie de fuir m'a prise. Quitter cette atmosphère pesante.

J'ai vingt-deux ans, je pars loin, pour toujours me semble-t-il, en Écosse. J'ai rencontré quelqu'un. Dans *Les Éphémérides*, j'ai tout dit sur cette période de ma vie. Je vis une relation violente avec une Écossaise qui, je le découvre sur place, se prostitue. Mais je respire bien mieux là-bas qu'ici. Ça pourrait être la fin du monde. Je me fiche de mourir là-bas. C'est l'acmé de ma vie.

L'Écosse est traversée de vents violents, je visite le château qu'on dit être celui de Macbeth. Le château de Cawdor est niché dans le nord du pays, et même si le roi Duncan n'a pas été tué là, l'imagination se prête au jeu. Qu'importe, c'est bien avec du faux qu'on fabrique du vrai, même et surtout au théâtre. L'air marin, les étendues de bruyère me font tourner la tête. Je vis une passion et le paysage autour de moi est le plus beau, le plus vertigineux, le plus enivrant qui soit.

Enivrant, c'est le mot. Je bois. Plus que d'habitude. Beaucoup. Quand celle qui s'appelle bien Tara, dans le roman et dans la vie, se drogue, je bois. Nous n'avons pas d'avenir. C'est le miracle de la jeunesse. Nous vivons à la fois le présent et le futur, en une fois, en une goulée. Rien ne nous intéresse plus que la crudité de notre relation qui n'a peut-être pas de lendemain mais qui a un présent. J'enseigne le français la journée dans des lycées mais je vis aussi, surtout, la nuit, réveillée aux heures silencieuses par une Tara amphétaminée qui a parcouru la ville en trombe dans une voiture. Elle a travaillé toute la soirée dans un bordel illégal de la ville. Spécialisée dans le BDSM, elle s'est amusée à me faire une démonstration de ses talents quand j'ai évoqué ma curiosité. Je l'admire.

Un jour, mes parents accompagnés de mon oncle paternel et de ma tante me rendent visite. Ils perçoivent tout avec bonhomie, trouvent que Tara leur rappelle Jodie Foster. Les pubs leur évoquent la fête de l'Huma. Ils découvrent l'Écosse comme on visite Disneyland.

Lors d'une engueulade avec Tara, assaillie par la brutalité insoutenable des mots qui sortent de sa bouche, je projette mon crâne contre une vitre qui se brise. Des morceaux de verre s'incrustent dans mon front. La jeune femme qui partage mon existence précise que c'est dommage pour la fenêtre.

Je la quitterai quelques jours plus tard en laissant une somme en liquide pour le loyer et une lettre courte et explicative – j'apprendrai plus tard qu'on la désigne par l'expression « Dear John ».

Pour connaître cette liberté explosive, j'ai dû partir loin. Toute cette histoire est restée inconnue de ma famille que j'ai toujours cherché à préserver.

Les faits datent de 1997. Que dire d'une passion homosexuelle qui aurait lieu au XVIe siècle ?

3

1590

Il fait nuit, Will a rendez-vous avec Richard dans un pub de la cité appelé *The Boar – Le Sanglier*. Je veux te présenter quelqu'un, a prévenu ce dernier. William a traversé la ville sous la pluie en tremblant, il a besoin d'un nouveau manteau. Le nom de l'établissement lui évoque l'autre Richard, le roi difforme dont l'image trotte dans sa tête. Il rêvasse au crapaud boiteux au moment où il sent quelque chose frôler sa taille. C'est avec une gifle qu'il accueille le coupe-bourses sur le point de lui voler ses économies. Le gamin s'enfuit comme un chien qui aurait reçu un coup de pied. Une vieille mendiante a assisté à la scène, elle éclate de rire. Je te reconnais, dit-elle, tu es le barde ! Et son rire se fait atroce. Will l'observe avec terreur et accélère.

Des clameurs se font entendre de l'extérieur, *The Boar* est un rendez-vous connu des artistes qui sont les premiers à hurler comme des ivrognes.

Une odeur de tabac et de sueur lui envahit les narines en entrant. Viens, crie Richard au bout de la pièce en se levant, tu vas faire la connaissance d'un monsieur de prestige ! De son bras droit, il entoure les épaules d'un jeune homme au visage angélique. La bouche est ourlée, effleurée par une fine moustache, le front large et blanc, les yeux vifs, fiévreux ; l'homme est magnifique. Messieurs, fanfaronne Richard, j'ai l'honneur de présider à votre rencontre. Christopher Marlowe, la plus brillante plume de Londres, le grand dramaturge, père de *Tamburlaine the Great*, l'homme aux mille tours et à la réputation tonitruante, et William Shakespeare, un acteur doué, un poète qui a toute mon admiration et qui devrait bientôt nous écrire une pièce si la chance lui sourit !

Les deux hommes se serrent la main. William est vaincu par l'émotion. Il a tellement entendu parler des pièces de Marlowe et de l'artiste…

À ta sortie de prison, Kit ! s'exclame Richard en levant sa chope en direction du jeune prodige.

Éblouissement. Le plein soleil au cœur de la nuit. William est en train de vivre une déflagration dans son être. Marlowe a le même âge que lui, vingt-six ans, mais sa réputation est déjà faite. Génie bagarreur, il vient de payer pour une rixe qui a laissé un homme sur le carreau. Les rumeurs vont bon train. Marlowe était-il coupable de meurtre ou est-ce son camarade poète nommé Watson qui a passé au fil de son épée un certain Bradley ? Londres adore commenter ces histoires sanglantes. William est bouleversé par la beauté anormalement juvénile du dramaturge et son attitude sarcastique. Christopher est secoué de rire toutes les deux minutes. Lors d'un de ses éclats, Shakespeare entrevoit une dague à sa ceinture dont le pommeau doré brille. Il frissonne.

Marlowe demande à William s'il a l'idée d'une tragédie.

Je crois que oui.

Christopher aimerait découvrir la trame que Shakespeare a en tête.

Will repense à la défaite de l'Invincible Armada deux ans plus tôt. À la splendide victoire de leur reine qui s'est dressée seule contre une flotte espagnole de plus de cent navires qui tentait d'asseoir Marie Stuart sur le trône. Le cœur de l'Angleterre s'est battu comme rarement. Il visualise la Reine Vierge, comme une tempête furieuse, brisant les bateaux, écrasant la suffisance catholique. Le peuple anglais n'avait pas été aussi fier depuis Azincourt. Dans Londres souffle un vent de patriotisme, dans les rues, on hurle son orgueil d'être anglais. Oui, il sait ce qu'il aimerait raconter.

Henry VI et la guerre des Deux-Roses, répond le Stratfordien.

Ce sera grandiose, le public adorera, affirme Marlowe. Donne-moi tes poèmes, que j'apprenne à te connaître.

William voudrait dire à Marlowe qu'il l'admire plus que tout, qu'il est émerveillé par sa trouvaille du *blank verse*. Sa versification sans rime au rythme rapide, c'est l'avenir. Cet homme qui paraît plus jeune mais qui est allé plus loin que lui à tous les points de vue est une révélation.

Marlowe exulte, recommande à boire pour lui et ses deux amis. Il finit sa chope en une rasade, frappe la table du plat de la main, s'agite. Son regard, fou et tendre, vous transperce l'âme. Au bout de quelques heures, le prodige, éméché, se met à tenir des propos sur la religion, la sainte Trinité qu'il traite avec une grimace bien laide, un juron mourant à ses lèvres. Richard se jette sur le jeune homme et le bâillonne.

Sa pièce *Tamburlaine the Great*, jouée il y a trois ans à Londres, a fait grand bruit. Kit est au sommet de sa gloire, mais il agace. Son comportement provocateur, voire blasphémateur, le met en danger.

On ne peut s'empêcher de craindre pour sa vie, songe Will en l'observant. Il y a quelque chose de tyrannique chez ce jeune homme qui attire et effraie. Il deviendra son pire ennemi.

Essaie ce tabac, dit-il à Will en tendant sa pipe. William aspire la fumée au goût exotique, la garde en bouche, tousse et sourit. Quelle personne de goût pourrait-elle ne pas aimer cette saveur paradisiaque ? Il n'est pas étonnant que nombre de maladies se soignent avec le tabac. Pour ma part, je l'absorbe avec bonheur avant même de m'enfoncer dans les miasmes, et je me sens fort comme un cheval, et puis ça exacerbe merveilleusement ma virilité, dit-il en éclatant de rire. Richard, lui, préfère fumer avant les représentations. Ça me fouette le sang, je deviens bien meilleur comédien. Will observe la pipe de Kit sous toutes les coutures, apprécie la longueur de la tige et le serpent sculpté sur l'embout. Il n'en a jamais vu de telle.

Une énergie mystérieuse rapproche les deux hommes. Kit sent l'hypersensibilité de Will, perçoit sa profondeur et se réjouit de l'effet qu'il suscite. Son amitié pour lui est immédiate et entière. Quant à Will, il est conquis par le jeune dramaturge qui semble avoir tout accompli à un âge tendre et dont la beauté le trouble. Cette rencontre inspire le Stratfordien, une armée de questions se bousculent dans sa tête. Il veut l'avis de Marlowe sur l'écriture théâtrale : le début d'une pièce, son rythme. Échanger avec lui des idées de répliques, etc. Soudain, le désir d'écrire pour la compagnie devient une nécessité pressante, excitante. Il est temps qu'il s'y mette, qu'il abandonne les glorieux poèmes pour une autre entreprise, une aventure plus vivifiante. Qu'il ose écrire lui aussi des pièces mettant en scène des êtres de chair et de sang, animés de vices et de vertus, des ambitieux affamés de pouvoir, mêlant ruse et orgueil. La noirceur des tragédies l'attire. Elle est une eau sombre au-dessus de laquelle il aimerait se pencher, sans doute pour sonder sa propre obscurité. Et quel bonheur ce serait si Marlowe pouvait lui donner un avis !

À cette période, Will ne tient pas en place. Il parcourt la ville en tous sens, assiste à nombre de pièces, qu'elles soient signées Thomas Nashe, George Peele, Thomas Kyd, George Chapman, perce le lobe de son oreille gauche et y accroche un anneau, se met à fumer la pipe comme jamais – il adore cette mise en route de ses pensées sous l'effet des volutes. Oui, quelque chose se passe. Quelque chose d'immense. Le ciel s'ouvre sur des promesses. Marlowe, le grand Marlowe, a hâte de lire sa pièce. Et c'est chaque soir que Will s'attelle au travail après avoir fouiné dans les chroniques historiques trouvées sur les étals de librairies. L'insecte furieux qu'est sa plume n'a jamais couru si vite sur le papier. Les répliques fusent comme si les ombres naissant près de sa bougie et couvrant sa page accouchaient de hauts faits, d'actions, de mots métalliques comme le sang et l'épée, blancs et rouges telles les deux roses de la grande Histoire de l'Angleterre. C'est le sang royal qui va briller sur scène, et les spectateurs seront fiers de ce souverain du temps passé comme ils le sont aujourd'hui de leur reine. Ce Henry VI, ce sera une partie d'eux-mêmes, de leur gloire. Will va réunir les plus grands seigneurs du passé, l'auditoire sera l'invité subreptice qui écoutera leurs échanges.

Comme Shakespeare aurait rêvé d'entendre ces preux discuter batailles ! Déjà enfant, il l'avait fantasmé. Et voici qu'il est capable non d'imiter les faits, mais de les ressusciter par la magie de son imagination. Le combat est d'abord celui des mots, des bannières verbales de Gloucester, de Winchester, Richard Plantagenêt, Somerset ou du fougueux lord Talbot. Public français, tu ignores de qui nous parlons ? Tant pis ! Entends combien ces noms claquent, impressionnent, évoquent quelque chose malgré tout, malgré tout ce qui nous différencie de la perfide Albion. Imagine-les, ces descendants des plus grands combattants de la couronne, ces prodiges de la bataille d'Azincourt, ces poitrines maintes fois exposées aux épées, aux tirs d'arbalètes, dans lesquelles coule un sang plus bleu qu'un ciel d'été, ces poitrines embellies des plus beaux tissus mordorés, satins verts luisant sous la dorure des immenses, glorieux colliers.

William connaît la guerre de Cent Ans, il en a des souvenirs d'école auxquels s'ajoutent les chroniques qu'il achète chez les imprimeurs qu'on trouve en nombre dans la capitale et qu'il dévore, la nuit venue. Voici de l'or, se dit-il, en voyageant dans ce vivier de passions où les alliances et les conflits, les gestes historiques ou symboliques marqueront la destinée de plusieurs générations. Le siècle précédent défile sous ses yeux. Il recrée la réalité en l'adaptant à la scène. Il s'amuse à rabaisser le dauphin de France, Charles VII, devant la Pucelle d'Orléans, à le ridiculiser. Qu'un roi ennemi s'agenouille devant une femme, une sorcière qui plus est, et la scène provoquera l'hilarité des spectateurs. L'effet est facile mais William est encore un débutant en recherche de gloire, et ses contemporains dramaturges se régalent de ce rire de carnaval. La France, honnie depuis plus d'un siècle, sera le faire-valoir de l'Angleterre.

William a voulu le vrai, a puisé des anecdotes dans les comptes rendus historiques. Parmi d'autres, se distingue l'histoire de Jeanne devinant qui était le dauphin dans une cour de gentilshommes, alors que celui-ci s'était dissimulé au milieu de ses nobles en changeant de vêtements. La scène prend vie. Du vrai et du faux mélangés. C'est la noblesse anglaise qui est le grand personnage de sa pièce, les Français sont des pleutres.

Au matin, il donne à lire ce qu'il a écrit à Barnabe. Celui-ci s'écrie qu'il doit continuer, s'imagine déjà jouer le rôle de Talbot, le plus brave des braves. Tu as demandé son avis à Marlowe ?

William a rendez-vous dans une taverne au sud de la Tamise, dans un bouge situé dans les *liberties* où les lois de la City n'ont pas cours. En pleine journée, Kit arrive aviné, démarche de matelot, plus barbu qu'un corsaire. Alors, montre-moi ton travail, Will !

Le Stratfordien sort une liasse de feuilles jaunies de son manteau. George, apporte-moi une bougie ! crie Marlowe en direction du tavernier. Will, ta plume ! Tes marges seront mon champ de bataille.

4

Anne

William est parti depuis cinq ans. Anne se sent seule et s'inquiète pour ses enfants. Comment un jeune père si aimant a-t-il pu laisser femme et rejetons seuls si longtemps ?

À la naissance des jumeaux Judith et Hamnet, William a été fou de joie mais quelques mois plus tard, Anne l'a vu l'esprit ailleurs. Avant le premier anniversaire des jumeaux, il avait changé, rentrant tard chaque soir, la rejoignant sans la toucher dans leur lit de plume, présent de leurs noces.

Sa rencontre avec William fut l'un des plus beaux moments de son existence. Elle avait croisé l'adolescent à quelques reprises dans le passé mais, à cette époque, il était beaucoup trop jeune pour attirer son attention. À l'âge de dix-sept ans, il s'était métamorphosé. Son corps s'était développé et une expression d'intelligence et de douceur avait anobli son visage.

Anne s'était mise à l'observer à la dérobée avec plaisir. Mais elle n'était pas encore amoureuse.

Son destin devait basculer un jour de fête à Stratford. C'était la première fois qu'il venait lui parler. Elle l'avait vu chahutant dans un groupe de garçons, avait reconnu son frère.

Elle a vingt-cinq ans. Bien que vierge, elle est déjà une femme et lui n'est pas encore un homme. William, le fils du bailli, soudain, se dirige vers elle. Elle baisse la tête vers son panier rempli d'œufs, de farine et de viande de mouton, manifeste de la surprise, de l'incompréhension quand William lui adresse la parole. Elle l'écoute, se retient de sourire. Elle soupire, se retient de le regarder. Puis elle oublie qu'elle plonge son regard dans ses yeux. Elle ne s'aperçoit pas du rouge qui monte à ses joues. Personne ne lui a parlé de cette façon jusqu'alors. Son souffle se fait court.

Que lui dit-il ? Il parle de sa chevelure, des astres, du miracle de son apparition dans son existence jusque-là vide, de son visage pur comme celui de la Vierge, enchaîne sur l'image de la lune car il ne doit pas révéler qu'il est catholique. Mais ses sentiments le rattrapent et le renvoient à la religion. Il lui confie la joie de son cœur devenu cheval au galop depuis qu'il l'a vue. La révélation qui vient de le frapper, lui qui se promenait jusqu'alors comme un païen. Promettez-moi d'accepter de me revoir, supplie-t-il comme s'il priait. Elle accepte. Il saisit sa main et pose ses lèvres sur la peau douce de la fille d'Hathaway. Vous êtes loin de toute haine, *hate away*, murmure-t-il en guise de litote.

C'est le printemps. William rejoint Anne dans un champ de blé. À mi-parcours entre Shottery et Stratford, dans un lieu que personne ne connaîtra, dans un territoire interdit à l'œil des biographes, si secret qu'il n'est parvenu à nous qu'au milieu d'un songe, deux silhouettes dissimulées par les blés se rapprochent. Anne a reçu des baisers, rendu son péché au pécheur qui la prie de le croire et son corps n'a jamais été aussi vivant. Elle s'enivre de l'odeur de son amant, dévore tout de lui. Voilà que ça lui arrive. Beaucoup de bruit pour rien et à la fois presque tout. Le soleil les bénit de son indifférence brûlante. Newton n'existant pas encore, ni Anne ni William ne sont soumis à la loi universelle de la gravitation. Leur union exproprie le ciel, les amants s'y installent de plain-pied, la Terre n'est plus qu'une planète parmi d'autres. Les liens sacrés de la jouissance les surprennent. Le péché a un goût d'onction. Ils étaient vierges, ils ne le sont plus.

Ils se revoient.

Anne n'a plus ses règles, ce qui ne l'inquiète pas encore, car elle n'a pas la présence d'esprit de craindre l'inéluctable. Son père vient de mourir, elle est tout entière à son deuil. À l'âge de dix ans, elle avait perdu sa mère, voici que l'auteur de ses jours rejoint son Créateur l'année de ses vingt-six ans et elle n'est pas mariée.

Un matin, les nausées ; depuis des semaines, les douleurs aux seins, et elle comprend soudainement.

C'est la panique. Comment a-t-elle pu être si naïve ? Elle éclate en sanglots, annonce la nouvelle à William qui lui dit qu'il sera là pour elle, mais, pris de court, ne sait plus à quel saint se vouer – si ce n'est pas un saint, que ce soit le bailli de Stratford. Il doit tout confier à son père. Il faut hâter les noces pour qu'Anne ne devienne pas fille mère, affirme Will. John hurlera contre son fils, mais contactera des personnes influentes qui permettront d'accélérer les préparatifs. L'évêque de Worcester reçoit la demande de l'édile et accepte qu'une cérémonie religieuse ait lieu loin de la paroisse de Stratford.

Je pourrais inventer le nom du lieu où le mariage fut célébré entre Anne Hathaway et William Shakespeare. Comme ce détail n'a pas tant d'importance, il me suffit de dire que nous n'en savons rien. Que cette ville où ils furent unis soit inconnue est déjà une porte ouverte à la fiction autour d'Anne et de William. Les historiens sont impuissants, les biographes font face à un mur, la romancière se délecte.

Anne, une fois mariée, habitera la maison de famille des Shakespeare, dans la rue Henley de Stratford. Précipitations et grands bouleversements dans sa vie. Elle va vivre avec Mary et John Shakespeare, les parents de son époux, et leurs enfants. La maison, heureusement, est immense.

Six mois plus tard naît Susanna. Elle porte le nom de sa mère, une syllabe en plus. Anne, épuisée par ses couches, tient sa fille contre son cœur et s'endort en écoutant respirer son nouvel amour.

William est un jeune père aimant qui s'oublie pour s'occuper de son épouse et de son enfant. Les premiers mois, ce bonheur remplit son être. Il s'extasie sur le nouveau-né et Anne rêve d'une longue vie avec ce jeune homme rare et raffiné. Durant cette parenthèse, Will ne pense plus au théâtre. Cela ne durera qu'un temps.

Anne s'entend plutôt bien avec ses beaux-parents. John connaissait et respectait son père. Les deux hommes avaient fait affaire un temps. John, d'un naturel bourru mais emballé par sa bru – ou par sa dot –, évoque feu son père dans leurs discussions et cette attention console un peu l'orpheline. Mais assez parlé du passé, Anne en plus de préparer le brouet et rapiécer les vêtements de sa nouvelle famille est tout entière aux soins et à l'éducation de sa fille. Les maladies qui emportent les enfants deviennent son cauchemar. Elle prie avec ardeur pour que Susanna ne soit pas fauchée par l'une d'elles. La moindre fièvre chez la petite éveille la panique d'Anne qui parcourt alors la campagne pour lui chercher des herbes médicinales. Elle se souvient des ravages de la peste dans la région, l'année de ses huit ans. De sa fenêtre, elle voyait les cadavres qu'on emportait sur des chariots, à toute vitesse. Elle n'avait pas le droit de sortir, pas le droit d'ouvrir sa fenêtre. Ses parents craignaient que les miasmes entrent dans la maison et intoxiquent les enfants. Elle se rappelle la peur, le climat d'angoisse qui régnait dans le cottage. Parfois, son père rentrait la mine grave après avoir découvert des bubons sur les bras ou les jambes d'un paysan. La maladie était devenue un mot interdit, un fantôme dans la maison qu'on tentait d'ignorer.

Anne, qui s'est occupée de ses frères et sœurs comme une mère n'a pas à apprendre comment on lange, nourrit, berce et calme un nourrisson. La nuit, elle s'éveille au moindre gémissement, se lève, va jusqu'au berceau et prend sa fille contre son sein. Avant le lever du soleil, elle se prépare, enfile ses vêtements, fait chauffer la soupe, tranche le pain. Retourne voir son enfant dans son couffin, indique à la bonne les courses pour le repas. Elle apporte du foin aux lapins dans les clapiers, change leur eau – ce que John Shakespeare oubliait toujours de faire –, caresse rapidement les pelages bicolores dont les nez frémissent à l'air libre et referme la porte de la petite geôle. Elle va ensuite nourrir les poules qui se précipitent à son approche, se penche sur l'une d'elles qui semble blessée, discute de son état avec la domestique ; donne les pelures de pommes et les restes alimentaires aux cochons gris qui ondulent d'excitation en la voyant arriver. Il est alors temps de brasser la bière. Mais sa fille a-t-elle crié ?

Will gagne petitement sa vie comme maître d'école à la campagne, à plusieurs *miles* de Stratford, il a fait faux bond à son paternel qui voulait qu'il devienne contrôleur des amendes pour la ville. Il n'a pas le goût du pouvoir comme son père, dit Mary, la mère de Will. Se désespère-t-elle de cette découverte ? John estime plus l'argent que son fils aîné. John est dur avec lui, marmonne Mary.

C’est dans cette promiscuité tendue que les jumeaux naissent un an et demi après Susanna. Une fille appelée Judith et un garçon nommé Hamnet. Will est subjugué par les deux êtres « similaires et différents », dit-il dans un sourire mystérieux. Il ne se lasse pas d’imaginer qu’ils pourraient incarner un même personnage, il suffirait de les glisser dans un costume semblable. Ou bien ils pourraient jouer deux sœurs ou deux frères, l’un des deux seulement se travestissant. Cette remarque, articulée à haute voix, fait frissonner Anne. William est moins présent et elle se doute qu’un cataclysme va arriver. Il court la région pour voir les pièces qui se produisent, rentre extatique et frustré. Elle le voit bien. Depuis l’arrivée de Judith et d’Hamnet, Will ne la touche plus. Ils dorment chacun sur un côté du lit, fini les mains moites de désir sur son corps. Il gémit de tristesse dans son sommeil.

Au matin, avant de partir pour enseigner, il soupire qu’il se rend à l’école avec autant de plomb dans son cartable que lorsqu’il était simple élève. Son statut de professeur n’a rien changé au mal-être de l’écolier qui dort en lui.

Et puis arrivèrent les nuits où William ne rentra pas. L’homme fourbu, les bottes pleines de boue, ne débarquait qu’à l’aube. Souvent, il tournait de l’œil sur le pas de la porte. Il avait marché dix heures en une journée et une nuit, n’avait mangé qu’un morceau de pain.

Il demeurait mutique, les lèvres sèches, retrouvait le lit de plume au moment où Anne était déjà à la tâche. Les pièces qui étaient jouées dans des villes éloignées devenaient des maîtresses dans l'esprit d'Anne. Elles lui volaient son mari. Il avait changé. C'était un homme maussade de vingt-deux ans qui comprenait que cette vie n'était pas la sienne. Il avait fait une erreur. Il n'aurait pas dû se marier.

Comment ne pas blesser sa femme et élever ses enfants sans ruiner tous ses espoirs ? Telle était la question. Question à laquelle il ne pouvait répondre. Il attendait l'occasion de ses rêves. Heureusement pour lui, elle vint.

Il rentra au milieu de la nuit mais ne put se coucher. Le miracle avait eu lieu. Son corps ne connaissait plus la fatigue et son esprit dansait. Il se mit à tournoyer dans la maison de Henley Street. Il riait seul. Anne l'entendit et descendit les escaliers en chemise et bonnet de nuit. Dans l'obscurité, William crut voir un fantôme et poussa un cri de surprise. Dans la chambre, à l'étage, Hamnet se mit à pleurer. L'enfant a peur des revenants, articula Will dans une ébriété de joie. Il fit trois entrechats et chantonna un air de gaillarde sous l'œil médusé de son épouse. Son humeur aurait dû réjouir Anne. Elle s'assombrit, pressentant l'inéluctable.

En quelques mots, Will fit comprendre à son épouse qu'il allait suivre une compagnie de théâtre en tournée. Il allait faire partie d'une troupe admirable. Ce qu'il attendait depuis toujours était advenu. Il lui enverrait de l'argent, bien sûr, et reviendrait le plus souvent possible. Elle ne devait pas s'en faire.

« Le plus souvent possible », une formule vague et peu rassurante pour une femme coincée dans une maison avec trois enfants.

Les jours suivants, Anne s'assit à son rouet et travailla longtemps la laine, en silence. Cette laine confiée par John, le père de Will, était de la meilleure qualité, elle l'avait teinte avec des baies de lierre pour lui donner une jolie couleur. Anne plongeait sa main dans la matière duveteuse avec un bonheur sensuel. Une fois assise devant la machine, elle la roulait entre ses doigts, la faisait entrer dans l'architecture en bois et mettait en branle le système de roue en appuyant sur la pédale en cadence. Ce travail avait d'habitude le don de calmer ses angoisses. Susanna, du haut de ses quatre ans énergiques, courut jusqu'à sa mère, freina subitement et vit dans son visage une expression qui la stupéfia. Des perles dans les yeux d'Anne glissaient lentement le long de ses joues. La petite fille resta interloquée. Au bout de quelques secondes, elle appela sa mère dans un sanglot. Cette dernière ne releva pas la tête. L'enfant appela à nouveau. Anne avait l'esprit perdu dans son rouet. La petite fille, éperdue, fondit en larmes.

Au petit matin, William ajouta quelques vêtements à son baluchon, alla embrasser ses enfants, posa un baiser sur le front de sa femme et quitta le domicile familial sans se retourner.

En cinq ans, Anne ne reçut que deux courriers de William. Il avait dû confier le premier avec quelques pièces à un aubergiste d'une petite ville des Midlands dans laquelle avait eu lieu une représentation. Celui-ci avait convaincu un vendeur de laine qui partait en voyage d'affaires pour Londres, et qui devait faire une halte dans l'Oxfordshire, de passer par Stratford. Ne parvenant presque pas à lire, Anne restait figée sur les lettres, parfois discrètes, parfois emportées par de longs traits de son époux, plissait les yeux, et finissait par les tendre à Gilbert, le jeune frère de Will, qui les lisait à haute voix.

La seconde missive lui parvint deux années plus tard. Elle contenait également une bonne somme d'argent. Sur un coin de la lettre, une adresse à Londres. Gilbert la lut, bouillonnant d'excitation. Will racontait sa découverte de la capitale et ses derniers rôles dans la troupe des Comédiens de la Reine, les différents théâtres de la ville, sa joie de rencontrer des dramaturges. Durant tout ce temps entre les deux messages, Anne s'était attristée, morfondue puis avait repris courage. Elle connaissait William, il ne les abandonnerait pas. Elle était l'épouse qui attend le retour du héros aux mille tours, Pénélope trompant son angoisse en filant la laine, la mariée à la patience absolue, résistant encore et encore à sa tristesse.

Gilbert rêvait de rejoindre son frère à Londres pour y devenir acteur, lui aussi. John hurlait qu'il ne voulait pas en entendre parler, un artiste inconséquent suffisait amplement dans une famille. Mary, la mère de William, aidait Anne qui devait cuisiner, nourrir les bêtes, tenir son foyer et élever ses trois enfants dans une solitude pesante. Elle lui parlait de William enfant, de sa fascination insatiable pour la danse, la musique, de sa découverte des spectacles vivants avec son père. John emmenant son aîné aux spectacles sans penser une seconde que ce dernier serait profondément marqué par ce qu'il verrait. Mary se souvenait que, l'année de ses treize ans, il était revenu d'une représentation en affirmant qu'il était allé en Italie, car la pièce se situait à Venise – avait expliqué John. Il voulait convaincre ses frères et sœurs qu'en un après-midi il avait rencontré un duc nommé Malvolio et qu'il avait navigué sur une gondole en compagnie d'une princesse masquée qui soupirait d'amour pour lui. Il était tellement enthousiaste que la fratrie avait commencé à boire ses paroles comme si elles étaient extraites de la Bible. Mary se remémorait ces épisodes de son passé avec un mélange d'amusement et de peine. Elle imaginait combien tout ce qu'elle racontait ne pouvait réjouir Anne. Elle souffrait pour l'épouse de son fils.

Un jour d'hiver, un tanneur qui rentrait de Londres après avoir vendu son cuir alla parler à John de son fils. Je l'ai vu jouer dans un lieu très populaire des *liberties* destiné aux spectacles en tout genre et dont la forme en O m'a étonné, dit-il. Il y avait des galeries de bois et certains spectateurs montaient aux étages où ils pouvaient même s'asseoir. Le marchand assurait que William en personne (bien que vêtu bizarrement) avait incarné un rôle au côté de la star de Londres, Richard Burbage. Il avait assisté à une pièce en état de sidération, ne comprenant guère mais bouleversé d'émotions. Dans cet étrange endroit, les voix des artistes résonnaient comme s'ils étaient proches de lui, alors qu'il se trouvait derrière des dizaines de personnes qui parfois chahutaient, mangeaient et commentaient ce qui se passait sous leurs yeux. Il n'arrêtait pas de dire pour lui-même « Ah ben ça, le fils Shakesp, ah ben ça, le fils Shake ». Il était tout simplement sidéré par le lieu, l'ambiance, et ému qu'un des grands noms du spectacle soit originaire de sa ville. Alors, forcément, il devait le rapporter à John.

Cet événement eut lieu quelques semaines avant le retour de William parmi les siens.

5

The Boar

Kit lit vite. La plume annote par moments le texte de Will. Parfois, il relève la tête et prononce les répliques qu'il vient de lire, s'interrogeant. Puis déclare : moi je dirais ça comme ça. Il rature et note la phrase sur le manuscrit. William opine. Il a tant à apprendre. Kit fourmille d'idées. Il vient de finir d'écrire une pièce qui l'excite beaucoup et qu'il a intitulée *The Jew of Malta*. Il faudra que tu la voies quand elle sera montée. Will est impatient de la découvrir.

Après une heure de travail, Marlowe demande à brûle-pourpoint : le type qui vient d'entrer avec le grand chapeau et qui se trouve dans mon dos, décris-le-moi ! Est-ce qu'il m'observe ? Will le rassure, non, personne ne le regarde en cachette. Marlowe se sent pourchassé, ses mains tremblent, sa concentration devient mauvaise. On arrête là pour aujourd'hui, dit-il en réunissant avec nervosité les pages de la pièce du Stratfordien. William le voit se pencher en avant pour toucher le pommeau de sa dague avec discrétion. Il transpire, boit sa bière d'une traite. William lui demande ce qu'il lui arrive. Je suis suivi, toujours surveillé, Londres est envahie de gens dangereux, d'espions qui n'attendent que le bon moment pour m'envoyer *ad patres*. Je dois me tenir prêt à toute éventualité, ajoute-t-il en tapotant son arme attachée à sa ceinture.

Comment cet homme au sommet de sa gloire peut-il vivre dans cet état d'éveil et d'inquiétude constant ? William l'a toujours vu surexcité, inquiet, en colère, méfiant. Kit le bretteur, le mauvais sujet au verbe trop haut, le génie sanguin aux inventions révolutionnaires, l'âme tremblante qui s'égare dans la fureur. William semble connaître le talentueux dramaturge depuis longtemps, quand bien même leur rencontre a eu lieu il y a quelques semaines. Kit son frère. Et ce qu'il anticipe le bouleverse. Il perçoit tant de vitalité dans ce corps, et tant de détresse dans cette tête. Que va-t-il advenir de lui ? se demande Will déjà secoué par le pressentiment. Il devine dans un brouillard de perceptions inconnues des scènes obscures où le dramaturge au visage d'ange s'emporte contre plusieurs hommes, sa main blanche saisissant sa dague, l'éclat de la lame, les coups, le sang brun, le sang sur le sol d'une auberge sombre sombre… Kit à terre, le visage livide.

Marlowe prévient : je vais partir d'ici, toi tu restes. Le jeune homme se lève en un bond, déguerpit comme un lapin traqué. Will le suit du regard, éprouvé, puis il reprend sa plume et continue d'écrire sur le couronnement de Henry VI, ce moment d'Histoire si époustouflant pour lui qu'il prend vie sur le papier.

Richard Burbage avait-il flairé sa présence comme un animal ? Le voici, petit, trapu, les yeux exorbités, qui entre dans la taverne comme un sanglier en colère. Il se rue vers Will.

– Je suis prêt à la tuer ! murmure-t-il en s'asseyant à la table de Will.

William regarde autour d'eux avec angoisse. Partout, les murs de Londres ont des oreilles, des oreilles espionnes bien capables de répéter des propos tendancieux aux autorités. Partout des délateurs diligentés par la couronne sont en embuscade, à l'affût de paroles hérétiques, de complots, de crimes en préparation ; Kit a fait grande impression sur William en s'enfuyant, laissant derrière lui comme l'odeur de sa peur. Will fait signe à Richard de se taire. Mais le suidé ne décolère pas. Il raconte sa liaison avec une jeune femme, épouse d'un grand bourgeois. Cette garce refuse de le revoir depuis que son mari a appris qu'il était cocu. Richard éructe des mots de haine contre cette femme qu'il trouve trop faible pour ne pas l'accueillir à nouveau dans son lit et trop calculatrice pour ne plus désobéir à son mari. Peut-on dire des mots d'amour un jour et refuser de revoir l'âme sœur le lendemain ? demande Richard. Les femmes sont écœurantes.

Will ne l'a jamais vu dans cet état. Il se souvient des moments où Richard courait les filles avec un mélange de sarcasme et de légèreté. Il était l'incarnation de la vitalité et de l'arrogance mâle.

– Non, finalement je tuerai son mari, dit l'acteur après une longue et silencieuse réflexion.

Richard tombe dans l'abattement.

– Ou bien faut-il que je me supprime d'un coup d'épée déterminé ? articule-t-il. Je ne sais pas ce qui me retient en vie.

– Richard, je suis en train d'écrire un rôle pour toi. Je veux te voir jouer dans ma première pièce.

Le comédien n'écoute pas.

– Si je n'étais pas si falot, si angoissé par mon imagination et l'idée que la mort n'est pas la fin de nos souffrances, mais qu'elle recèle des cauchemars encore pires que notre pauvre vie actuelle, j'en finirais aussi sûrement que Jésus a béni son calvaire. Plus de souffrance, que rêver de mieux ? Se débarrasser de tout ce qui rend cette existence hideuse et pesante. Et quel soulagement ce serait de ne plus croiser la laideur que je vois partout, celle des rues, celles des âmes grossières. (Il s'arrête, semble réfléchir, le regard perdu.) Je suis un lâche, en plus d'un amant bafoué, la honte m'étouffe.

Soudain, il se lève et s'en va, sans prêter attention aux paroles de Will qui le supplie de rester, de ne pas faire ce qu'il compte faire. Il n'entend absolument rien. Il semble seul en scène.

*

La pensée du suicide est une tentation qui m'habite et que je repousse depuis mes treize ans. C'est à cet âge que je l'ai clairement identifiée sans vraiment décider des moyens d'y parvenir. Régulièrement, durant mes périodes d'insomnie que je vis comme un supplice, j'envisage l'acte comme une porte de sortie.

Dans mes livres, des personnages se préparent à la mort volontaire. En particulier le héros de *Pacifique*, Isao Kaneda, jeune pilote de l'armée du Grand Japon en 1945 qui reçoit l'ordre de projeter son chasseur sur un bateau de la marine américaine. C'est l'autorité, ses supérieurs, qui le forcent à mettre fin à ses jours. Cette idée trottait dans ma tête. J'ai – vaguement, inconsciemment – identifié les généraux japonais de l'époque à ma famille paternelle.

Une amie me dit un jour : « Ce sont des jeunes hommes qui meurent dans tes livres. »

Thierry, mon cousin, lui, passe à l'acte. En décembre 2015. Le jour de Noël. Si ce n'est pas un message à sa famille, qu'est-ce donc ?

Je me trouvais avec ma mère pendant cette période de fêtes quand j'ai appris sa mort. À la voix de celle-ci, j'ai su qu'un événement terrible était arrivé. Elle est restée longtemps au téléphone et une sensation de malaise m'a envahie, un pressentiment que la nouvelle que j'allais apprendre allait me couper le souffle et me hanter.

Thierry s'est suicidé. Telle fut la phrase.

Il s'est tué.

Thierry avait été un exemple pour moi. De toute la famille, il était le seul à avoir décroché son bac et à faire des études. Des études de droit qui ne me semblent pas dues au hasard. Le considérant comme un modèle, je voulais faire le même parcours. Toute petite, j'étais amoureuse de lui. La révélation de son homosexualité me l'a rendu plus proche. Il était intelligent, sarcastique, tourmenté.

J'analyse les faits. Je l'avais vu être rabaissé de la pire façon par son père qui ne l'avait pas désiré. Thierry, à table, ignorait les attaques, se taisait, la tête baissée. On aurait dit un punching-ball humain frappé par le père de famille. Mon oncle lui reprochait de s'être engagé dans des études interminables, de vivre toujours dans la maison familiale, à leurs crochets, de vouloir porter une robe d'avocat qui serait pour lui une « robe Yves Saint Laurent ». Tout le monde trouvait la remarque amusante. J'observais tout. Je comprenais ce qu'il endurait, cette destruction psychologique qui aura eu comme conséquence son dernier geste. Une mort volontaire que je considère comme le meurtre lent et organisé de son père.

Quand j'ai appris son suicide, je me suis d'abord effondrée. Très rapidement après, je me suis dit : « Voilà, j'ai la preuve que cette famille est dangereuse. » Mais cette famille était sous l'influence d'un de ses membres.

Je ne sais pas si des pensées suicidaires sont venues à l'esprit de Shakespeare, mais il me semble que le soliloque d'Hamlet montre qu'il savait de quoi il parlait. Richard Burbage a probablement énormément compté pour lui et il pourrait être à l'origine du personnage d'Hamlet dont tout ce qu'on peut dire est qu'il ne ressemble pas à un enfant de onze ans comme l'était son fils Hamnet au moment de sa mort. Hamnet, Hamlet, les noms sont pourtant quasi identiques et la mort qui hante une jeune âme est un lien sensible entre les deux histoires.

Je continue donc d'inventer ce qu'il s'est peut-être passé.

*

C'est maintenant Barnabe que Will aperçoit dans la taverne. Ce dernier, accompagné d'un garçon de seize ans aux traits féminins, ne l'a pas vu. Will allait interpeller son compagnon, mais un pressentiment l'a retenu. Ce qu'il observe le fascine et lui fait mal. Barnabe enjôleur, Barnabe proche, trop proche de ce garçon que Will ne connaît pas. Barnabe et Will ne sont pas en couple officiellement, en dehors de ce fameux soir, plus personne ne les a vus s'embrasser. Will a eu des aventures avec des jeunes femmes qui avaient assisté aux représentations. Il a découvert combien le métier de comédien attire l'attention, le désir des femmes et des filles de toutes les classes sociales. Il a trompé Anne sans se dire qu'il agissait mal. Personne n'irait le lui rapporter. Il ne se voit pas comme infidèle puisque ce qui arrive à Londres n'est pas colporté dans une ville aussi lointaine et insignifiante que Stratford. Sa ville d'origine bruisse de ses propres bruits, ne commente que les scandales des alentours.

Il a vingt-six ans, désire à foison, il aime les êtres beaux, quand bien même certains les perçoivent comme laids. Les belles personnes au teint brun ou clair, les charmants visages suscitent son admiration lyrique et les mots pour séduire lui viennent facilement à la bouche. Mais sa relation avec Barnabe a toujours eu une saveur particulière, mêlant camaraderie, amitié et amour, et le voir en compagnie d'un amant éveille chez Will un monstre enfoui. Sa plume se brise sur la feuille au milieu d'une réplique de Talbot, créant une mare d'encre qui lui évoque une flaque de sang. Sa nuque se raidit. Il aimerait disparaître dans un recoin obscur de la pièce. Pour ne pas attirer l'attention, il baisse la tête sur son travail, relevant les yeux par moments, par tentation d'assister à ce qui lui fait mal. Il souffre sans parvenir à détourner le regard. Il voit ce qu'il voit et comprend ce qu'il redoute. Les gestes sont là, les regards, et son cœur cogne contre des piques. Comment peut-on souffrir autant sans que le corps soit atteint ? se demande-t-il. Comment une simple apparition peut-elle produire une telle décharge de colère et de folie en soi ? Jamais auparavant la jalousie ne l'avait effleuré. Aujourd'hui, il entrevoit ce qui pousse des hommes à en tuer d'autres, non par calcul, dans une quête de pouvoir comme il en existe tant dans l'Histoire mais par emprise, dans un moment de frénésie qui transforme le monde en un cauchemar abrupt dont on ne peut s'échapper.

Will ne parvient plus à écrire. Il détache sa bourse de sa ceinture, la pose sur la table. Elle est pleine et lourde. Il gagne sa vie dorénavant, bien mieux qu'à ses débuts dans la compagnie, il n'est plus un acteur débutant. Il sort une pièce pour le tavernier, règle les bières de Marlowe. Il soupire, songe qu'il est temps de retourner voir son épouse et ses enfants qui manquent d'argent.

6

Pour quelques pièces, il peut monter dans la calèche d'un artisan qui se rend dans l'Oxfordshire. De là, il trouvera bien quelqu'un qui l'emmènera à Stratford. Il doit cacher ses deniers dans différents endroits, sous ses vêtements. C'est ce qu'il s'attelle à faire en cousant des morceaux de mouchoirs sous sa chemise dans lesquels il cache de la monnaie, ne conservant dans sa bourse qu'une petite somme. Depuis qu'il est comédien, il a appris à rapiécer, à reprendre des costumes de scène. Personne ne peut voyager sans rencontrer des coupe-bourses ou des voleurs à la tire. Quelle honte ce serait de revenir auprès d'Anne les poches aussi vides que le jour de son départ !

La pensée de revoir son épouse le trouble. Il sent que son amour est là, toujours présent comme un organe enfoui, vivant mais invisible. Depuis tout ce temps, il a oublié son visage. Ces derniers mois, quand il pensait à elle, il s'imaginait des formes mais les traits s'étaient effacés. La nuit, quand il ne dormait pas, il tendait les bras et, dans un espoir proche de la croyance magique, tentait de toucher son visage fantasmé dans l'obscurité, comme un aveugle découvre une personne du bout des doigts. Quand il était enfant, sa grande peur n'était pas de mourir de la peste, étouffé dans une fièvre atroce et recouvert de bubons infâmes, mais de devenir aveugle. Il aurait tâtonné dans l'espace, aurait été privé du spectacle des comédiens, de la beauté des visages, quel cauchemar ! Le bonheur passait toujours par la vue pour lui, en dépit même de son don pour les mots et de son goût pour la musique. Et voilà qu'aujourd'hui il était aveugle d'Anne.

Dans quelques jours, à moins qu'un bandit ne lui arrache la vie avant même qu'il se soit fait connaître comme poète et auteur de théâtre, il la reverrait. Il pourrait la prendre dans ses bras, embrasser ses enfants dont les apparences changées allaient le surprendre. Il se mit à avoir peur.

Je tremble, se dit-il.

*

Anne n'a pas été prévenue de l'arrivée de William.

C'est un matin de printemps. Elle profite des premiers rayons de soleil. L'hiver a été éprouvant. Les enfants restent à la maison, Susanna et Hamnet ont pris froid et continuent de tousser. Elle les a soignés avec des cataplasmes de moutarde et des infusions d'herbes. Elle se rend dans le potager quand elle entrevoit la silhouette d'un homme. Elle ne le reconnaît pas tout de suite, demeure figée, interdite. Ça ne peut pas être lui. Depuis tout ce temps. Cet homme distingué lui semble plus grand, plus fort que William. Mais sa voix ! Il l'appelle. Quel coup dans la poitrine ! Elle manque de défaillir. Cela fait si longtemps et il est si changé qu'elle est plus intimidée que jamais. Elle n'ose pas parler.

Il lui prend les mains et la regarde avec intensité. Elle éclate en sanglots. C'est trop soudain pour elle. Elle n'en pouvait plus d'attendre. Les larmes contre le pourpoint de Will. Elle avait même pensé qu'il était mort. Sa dernière lettre remonte à huit mois. Il l'embrasse, retire son bonnet pour humer ses cheveux, la serre contre lui. C'est lui mais Anne ne reconnaît plus ce corps, cette allure affirmée. Il est vrai qu'il n'avait que vingt-deux ans la dernière fois. Son visage, sa peau étaient encore presque ceux d'un adolescent. Sa barbe, à l'époque, avait à peine poussé. Mais que tu es beau, dit-elle en se reculant soudain. Regarde-toi. Tu es un Londonien !

L'homme qui se tient devant elle porte une barbe délicatement taillée et une boucle en or à l'oreille gauche. Son pourpoint est un délicat tissu brodé, ses bottes sont de superbe facture. Quelle élégance, soupire Anne qui sort à peine de sa confusion.

Les enfants ! Will veut voir ses enfants. Il entre dans la maison, gravit quatre par quatre les marches qui mènent à la chambre des petits. Susanna et Hamnet dorment encore. Judith est levée. Son père arrive au moment où elle enfile ses vêtements de jour. Sidération, cris, effusions. Comme elle a grandi, comme elle est belle et comme elle parle bien, cette petite fille de cinq ans ! Susanna se redresse dans son lit. Le portrait de sa mère. Elle l'observe sans dire un mot, les yeux fiévreux. Soudain, elle crie : je ne veux pas vous voir ! et enfouit sa tête sous les couvertures. Will reçoit une flèche dans le cœur. Hamnet émerge, souriant, une expression de farfadet. C'est toi ? C'est toi ? demande le garçonnet, et il pousse des cris de joie.

C'est difficile pour Susanna, surtout, explique Anne quand ils se retrouvent seuls. Elle pense que tu n'as plus voulu d'elle et que c'est pour cette raison que tu es parti. J'ai beau lui expliquer, elle reste mélancolique. Elle me fait de la peine. Elle t'aime follement.

Je vous aime tous, mais je ne peux rester que quelques jours. Je dois jouer bientôt sur une scène londonienne. J'ai économisé pour vous, fit-il en déposant une somme considérable sur la table.

Des couronnes et des livres à l'effigie de la souveraine – visage masculin, expression autoritaire, long nez, longs cheveux, fraise et dignité remarquable –, des pièces de valeur. Cet argent va considérablement améliorer le quotidien de la famille.

J'aimerais tant savoir ce que tu fais là-bas. J'aimerais assister à tes exploits sur scène, j'aimerais être l'insecte qui se pose sur ton veston et qui est témoin de ton talent. J'aimerais me glisser dans tes poches pour t'aimer dans la chaleur de ton intimité et ne plus exister autrement.

Anne, Anne, je reviendrai, toujours.

Au bout de trois jours, Will songe déjà à Londres. L'excitation des répétitions et ses camarades comédiens lui manquent. Il se surprend même à regretter l'agitation de la grande ville, son air saturé d'odeurs douteuses, et à trouver ennuyeuse, tellement lente, sa vie à Stratford. Et puis son père lui lance des remarques acerbes, lui reproche son peu de sérieux, l'atmosphère devient intenable. Sa mère a vieilli de mille ans. Il a hâte de repartir. S'il a quitté ce lieu, ce n'est pas un hasard.

7

Londres

Soudain, un pressentiment l'assaille. Il traverse des lieux familiers du Southwark. Une angoisse inexpliquée l'étreint. Il était heureux de retrouver Londres mais sa joie s'évapore déjà.

Quand il arrive devant *The Rose*, il tombe nez à nez avec Philip Henslowe, le directeur du théâtre, cet homme connu comme Barabbas dans le monde des comédiens, réputé dur et venimeux, aussi émoustillé par le drame que par la prostitution qui l'a enrichi. Henslowe l'apostrophe. Tu as appris la nouvelle ? Quelle nouvelle ?

Un homme de ta compagnie a été poignardé.

Le cœur de Will s'emballe. Quel homme ?

Barnabe, répond l'entrepreneur. Ça s'est passé au *Boar*. Je n'y étais pas à ce moment-là. On m'a rapporté qu'il y a eu un différend entre des comédiens, une bagarre à laquelle Barnabe ne voulait apparemment pas participer et qui lui aurait été fatale. Je ne connais pas le mobile et j'ignore s'il était visé ou s'il a reçu le coup accidentellement. Il est mort, Will.

Les jambes de Will ne le portent plus. Sa tête tourne. Il tombe assis sur le sol boueux. Laisse-moi mourir dans ma mélancolie, murmure-t-il quand Henslowe tente de le redresser.

Henslowe s'en va. Une heure passe.

Je ne peux pas me relever. Je pourrais mourir ici, dans la boue. Cette boue hideuse qui recevra bientôt le corps de Barnabe. Qu'elle m'accueille également. Il a fallu que je parte, même quelques jours, et j'ai perdu un être cher. N'y a-t-il pas un lien entre ces deux événements ?

Si je n'étais pas rentré à Stratford, rien de tout ceci ne serait arrivé.

Sa voix que j'entends encore, le parfum de son haleine et la douceur de ce corps que je sens vivant. Est-ce que tout cela peut disparaître et demeurer si présent, être englouti dans le néant et exister toujours ?

Une vieille marchande de noix à la peau grêlée s'avance vers lui, son sac de fruits dans une main, une canne tremblante dans l'autre. Elle se met à ricaner très fort, d'un rire effrayant, un son de l'au-delà.

Alors, le barde, dit-elle, tu es tombé ? Tu vas te relever, c'est moi qui te le dis, par la forme de mes noix qui ressemblent à des cervelles. Car barde tu seras bientôt si tu écris pour le « O de bois ».

Sur ces mots, elle tourne les talons en s'esclaffant, laissant Will à sa stupeur.

Le jeune homme se relève. Il marche vers la Tamise sans penser à rien, sonné. Il continue d'avancer sur les quais, regardant d'un air absent la cohorte des bateaux de marchandises évoluant sur le fleuve. Des cris épouvantables venant d'un asile d'aliénés se mêlent aux croassements des corbeaux volant à tire-d'ailes vers les têtes dressées sur des piques à l'extrémité du London Bridge. Des exécutions de criminels et de traîtres ont eu lieu récemment, renouvelant la mangeoire macabre des corvidés. Mais c'est à peine s'il prête attention à ces scènes de cruauté. Autour de lui tout est clameurs, agitation, mais plus rien de ce bruit et de cette fureur n'envahit son esprit. Une brise marine lui caresse le visage. Il s'imagine sur un bateau voguant vers des contrées inconnues, faisant naufrage lors d'une tempête sur une île hantée de présences mi-humaines mi-fantastiques. Comme la vie serait plus belle dans un pays imaginaire ! Le voyage est bien la seule libération à toutes les souffrances de cette vie terrestre.

Il voit au loin deux hommes claudiquer dans sa direction. Les veilleurs de nuit sont soûls et hurlent aux retardataires de rentrer chez eux. William se dissimule derrière un arbre, mêlant son ombre à la sienne, il ne fait pas encore nuit. Et il observe. Une vache qui paissait à quelques mètres se met à meugler. Les veilleurs de nuit sursautent et s'accusent l'un l'autre d'avoir imité le cri d'un ruminant. William écoute leur langage fleuri de termes argotiques, reprend sa marche quand les ivrognes se sont éloignés. Il avise un théâtre baigné d'ombre qui n'était pas là quelques heures plus tôt. Dans le trouble de ses émotions, il ne reconnaît pas ce lieu, son nom lui échappe, rêve-t-il ? Il voit alors une armée galoper et disparaître dans cette structure, des monarques couronnés suivent la même direction de leur démarche imposante, des soldats blessés, épuisés mais glorieux, se rendent à leur tour vers l'entrée et disparaissent dans le bâtiment octogonal. Puis un général maure en sanglot dans les pas d'une femme au visage de morte, un vieillard au front noble avançant avec une canne et accompagnée de ses trois filles, un homme hilare au ventre énorme accourt, tous avalés par ce lieu qui ressemble à un globe[1].

*

J'ai neuf ans.

Nous sommes partis en vacances dans ce pays qu'on appelait, à l'époque, la Yougoslavie.

Mon père et son frère ont acheté récemment un bateau pneumatique à moteur, un Zodiac. Il est prévu de faire des balades et du ski nautique dans la mer Adriatique.

Exaltée par l'excursion vers le large, je m'installe sur le boudin à l'avant du bateau et m'agrippe aux cordelettes qui longent l'embarcation, pieds dans

1. Le *Globe* : théâtre où furent créées et jouées de nombreuses pièces de William Shakespeare dès 1599.

À l'entrée du théâtre était apposée une épigraphe latine : « *Totus mundus agit histrionem* » (« Le monde entier est un théâtre »).

l'eau. Bonheur. La vitesse fait lever le nez du bateau, pour ma plus grande joie. Le paysage somptueux s'offre à moi seule.

Soudain, une main énorme appuie sur mon dos pour me faire tomber à la mer. La pression se fait de plus en plus violente. Je m'accroche de toutes mes forces aux cordelettes en pensant avec horreur à l'hélice du moteur. J'ai parfaitement compris que si je lâche, si mes mains faiblissent, je vais passer sous la coque et serai déchiquetée. Je n'ai jamais rien serré d'aussi fort durant mes neuf années de vie.

La terreur m'envahit. La main, puissante, continue de pousser. Je vais mourir dans d'atroces souffrances.

Il n'existe pas de pire moment que celui-là : savoir avec certitude qu'on va être assassinée dans quelques secondes. Tout mon être hurle en silence, l'énergie du désespoir me happe et ne me quitte pas. Je refuse de croire à ce qui pourtant ne laisse aucun doute. Je vais être sacrifiée à un néant qui m'est inconnu. Aucun mot n'existe pour dire une telle peur.

Puis, tout s'arrête.

Je me retourne. Quatre adultes m'observent sans un mot. Alors ma tante lance à mon oncle d'une voix tremblante : « Tu es fou ? il y a le moteur ! »

Personne d'autre ne réagit.

Aussi étonnant que cela puisse paraître, le reste des vacances s'est passé normalement.

*

À l'âge de vingt ans, je lis *Richard III*. Meurtre de deux enfants : le compte y est.

Je suis en terrain familier.

pca cmb
édition pré-presse
livres numériques

44400 Rezé

IMPRIM'VERT®

Achevé d'imprimer
en mai 2023
par Corlet Imprimeur
14110 Condé-en-Normandie

Dépôt légal : mai 2023
N° d'imprimeur : 23030779
Imprimé en France